FVA

Bücher von Dagobert Gilb
in der Frankfurter Verlagsanstalt:
Der letzte bekannte Wohnsitz des
Mickey Acuñya. Roman.
Ich hab mit dem schönsten Mädchen
getanzt. Erzählungen.

Dagoberto Gilb

Sieg auf der ganzen Linie

Erzählungen

Deutsch von Werner Schmitz

Frankfurter Verlagsanstalt

Deutsche Erstausgabe
1. Auflage 1997

Schutzumschlag und Einbandgestaltung: Bertsch & Holst
Herstellung: Katja Holst
Satz: Fotosatz Reinhard Amann, Aichstetten
Druck und Bindung: Clausen & Bosse, Leck
Printed in Germany
ISBN 3-627-00044-7

Inhalt

Ein Job in Dell City

Vor ungefähr fünf Wochen kam ich mit dem Bus hier an, ich hatte noch 50 Dollar und wollte einen Job. Es heißt ja immer, in der Stadt kann man Arbeit finden, und El Paso ist eine große Stadt, also glaubte ich, hier relativ schnell ein Auto kaufen und eine Wohnung mieten zu können. Unterdessen wohnte ich im McCoy Hotel für 4 Dollar die Nacht, beziehungsweise 24 Dollar die Woche, die ich nach der ersten Nacht bezahlt hatte, weil etwas Billigeres einfach nicht zu finden war. Ich fand nicht viel an dem Haus auszusetzen, konnte mir aber vorstellen, daß es vielen anderen nicht gefallen würde. Jede Menge verschiedener Leute kamen und gingen dort zu allen Tages- und Nachtzeiten, aber ich wußte es zu schätzen, daß Juárez so nahe lag, wo ich auf dem alten Markt vor der Kirche für einen Dollar eine große Mahlzeit bekommen und ein Bier trinken konnte.

Ich stand täglich gegen sieben Uhr morgens auf, nahm die Treppe und nicht den lärmenden Aufzug, und kam auf dem Weg zu einer Tasse Kaffee und den neuesten Kleinanzeigen an den Mennoniten vorbei, die immer im Foyer saßen, in einer Sprache redeten, die ich nicht kannte, und gekleidet waren, als wären sie mit einem Planwagen hierhergekommen, die Männer in staubigen Stiefeln und staubigen Cowboyhüten, die

Frauen in Röcken, die ihnen bis zu den Knöcheln gingen, und Häubchen, die unterm Kinn festgebunden waren. Draußen sah ich praktisch jedesmal diesen alten Mann langsam auf seinem mit Pappe und Lumpen beladenen Fahrrad vorbeifahren. Die städtischen Arbeiter buddelten träge die Straße auf, und neben dem Eingang der Bar, die zwischen acht und neun aufmachte, stand immer dieselbe Prostituierte und wartete auf frühe Kunden. Sie kam mir vor wie eine Bekannte, denn sie wohnte auf meiner Etage, direkt neben der Frau mit dem Baby, das immerzu schrie, und den beiden älteren Kindern, die meistens auf dem Flur spielten.

Ich versuchte, immer denselben Platz an der Theke des Lokals zu bekommen, denn ich sehnte mich nach etwas Alltäglichem, einer festen Gewohnheit, besonders an Tagen, an denen ich Arbeit suchte, das heißt also fast immer. Bis dahin hatte ich gerade genug verdient, um das Hotel zu bezahlen, mir einigermaßen den Bauch vollzuschlagen und Briefmarken für die Briefe zu kaufen, die ich meiner zu Hause gebliebenen Freundin schrieb. Bis jetzt hatte mir noch niemand mehr als den Mindestlohn gezahlt, und manchmal hatte man mir sogar noch weniger angeboten. Ich konnte nichts dagegen machen, denn wenn ich einfach weggegangen und mit dem Bus oder zu Fuß nach Hause zurückgekehrt wäre, hätte ich überhaupt keine Arbeit und überhaupt kein Geld gehabt. Also grub ich Löcher für Zaunpfähle und riß Mauern ab, zog Nägel aus alten Brettern und Balken, räumte Baustellen auf und suchte unterdessen weiter. Im Restaurant nahm ich das Tagesfrühstück und las die Zeitung bei einer Tasse Kaffee, der von der uniformierten Kellnerin so heiß serviert wurde, daß ich nur daran schlürfen konnte. In den Kleinanzeigen suchte ich als erstes nach den Jobs, dann nach den Wohnungen und Autos, hatte aber seit dem ersten Tag weder einen Job noch irgendein günstiges Angebot gefunden.

Nach dem Essen ging ich zur Arbeitsvermittlungsstelle in der Santa Fe Street und drängte mich durch die vor dem gläsernen Eingang in Jeans und Arbeitsstiefeln und bunten Baseballkappen herumstehenden Männer, die alle so aussahen, als seien sie es gewohnt, in der Sonne zu arbeiten und hinterher Bier zu trinken, und die einen sehr arbeitslosen Eindruck machten. Drinnen war es steril und häßlich grün gestrichen, und zu viele Leute lehnten an den Wänden oder saßen aufgereiht auf unbequemen Stühlen und warteten, daß ihre Namen ausgerufen wurden und sie an einen der grauen Schreibtische treten durften. Zum Glück für mich konnte ich diesen Raum überspringen und gleich die kurze Treppe hoch in den einzigen anderen Raum gehen. Dort waren auf modernen, matt leuchtenden Apparaten Listen mit Jobangeboten zu sehen, und ich trat an einen davon in der Hoffnung heran, sein blauer Bildschirm möge mir den Tag mit etwas Erfreulichem aufheitern.

An diesem Tag war dort ein Job für einen Fliesenleger ausgeschrieben; gesucht wurde jemand, der Erfahrung mit Tischler- und Umbauarbeiten hatte und bereit war, außerhalb der Stadt zu arbeiten. Transport und Unterkunft wurden organisiert. Einstiegslohn 4 Dollar 50 die Stunde. Den Job wollte ich haben, und ich nahm ihn.

Der Mann, der mich nach meinem Anruf draußen vorm Hotel abholte, schien mir recht freundlich. Ich verliebte mich auf der Stelle in seinen neuen GMC-Truck und beneidete ihn um die Klapperschlangenleder-Stiefel, die er sich tags zuvor gekauft hatte. Er hieß Joseph Hernandez, war aber fast blond und sprach so gedehnt, daß ich ihn manchmal kaum verstehen konnte. Ihm gehörte die Ranch in Dell City, wo wir jetzt hinfuhren. Bei dem Job, den er zu vergeben hatte, ging es darum, eins der Ranchgebäude für seinen Sohn bewohnbar zu machen, der kürzlich einundzwanzig geworden war und eine Wohnung für sich allein haben wollte. Bad und Küche und den Bereich um den Kamin mit Fliesen auslegen, ein paar Türen einhängen, den Zugang und eine Treppe anlegen und betonieren und so weiter. Als ich Mr. Hernandez versicherte, das alles sei kein Problem für mich, schien er sehr zufrieden. Er sagte, wenn in der ersten Woche alles gutgehen und ich einwandfrei arbeiten würde, werde er mich nächste Woche für 5 Dollar die Stunde wieder holen, und es sei sogar möglich, daß er danach noch mehr Arbeit für mich hätte.

Für mich hörte sich das an, als hätte ich den Durchbruch geschafft, und ich begann schon über den Brief an meine Freundin nachzudenken, die im Gegensatz zu mir eher skeptisch gewesen war, daß ich hier, weit weg von zu Hause, einen guten Job finden könnte. Ich dachte darüber nach, mit welchen Worten ich ihr die Fahrt durch diese Landschaft beschreiben sollte, und wie es ihr wohl hier draußen gefallen würde, und was für eine leichte Arbeit das war, auch wenn ich noch gar nicht angefangen hatte. Ich legte mir auch schon zurecht, was ich Mr. Hernandez sagen würde: daß ich auf seiner Ranch wohnen möchte, daß ich zu allem zu gebrauchen sei, daß ich, falls ich irgend etwas nicht können sollte, es schnell lernen und fleißig daran arbeiten würde, daß ich mit jeder Bezahlung, die er für fair hielte, zufrieden wäre, solange er mich nur nicht fortschicke. Ich glaubte an die besten Möglichkeiten, machte mich aber auf weniger gefaßt und nahm mir vor, notfalls auch noch viel weniger zu akzeptieren, wobei ich jedoch meine Idealvorstellungen im Hinterkopf behielt, denn ich hatte Opfer gebracht und mich so sehr bemüht und nie die Hoffnung aufgegeben, alles Tugenden, die angeblich gerecht belohnt werden.

Unterwegs hatte Mr. Hernandez mich darauf vorbereitet, daß ich bei einem seiner Arbeiter wohnen würde. Dieser Mann hieß Trini und sollte mir, wenn nötig, zur Hand gehen, auch wenn er seine Arbeit ein paar Stunden früher anfing als ich. Trini, sagte er, sei noch ein Kind gewesen, als er vor zehn Jahren auf der Ranch angefangen habe, und auch jetzt noch sei er ein großes Kind, aber auch ein guter Mann, auf den man sich verlassen könne. Er sagte mir, ich könnte ihm bedenkenlos alle Arbeiten anvertrauen, für die keine Fachkenntnisse erforderlich seien.

Die Gürtelreifen hielten quietschend vor einem kleinen Schlackensteinhaus. »Hier wohnt Trini«, erklärte Mr. Hernandez. Das Mauerwerk war ungestrichen, der Boden davor mit Kies bedeckt, aus dem struppige Sträucher wuchsen; innen das gleiche Mauerwerk und Zementboden. Zwei Trennwände aus unverklebten Gipsplatten teilten links von der Eingangstür die Küche und eine Waschecke und rechts davon den Schlafraum ab. In dem Raum dazwischen standen eine Fernsehtruhe ohne Knöpfe, ein Bett und drei Holzstühle um eine große mexikanische Decke herum, die als Teppich diente. An einer Wand hing unübersehbar ein großes Gemälde von Christus am Kreuz und gegenüber ein nicht minder großes gerahmtes Foto, auf dem eine schöne junge Frau zu sehen war.

Ich warf meine Kleidertasche auf eins der fünf metallenen Etagenbetten, das Mr. Hernandez mir zugewiesen hatte, und dann fuhr er mich und mein Werkzeug zu meinem Arbeitsplatz. Dieses andere Haus war aus Lehmziegeln gebaut und durch einen hölzernen Anbau vergrößert worden. Als Mr. Hernandez gegangen war, lud ich die Säcke mit Zement und Mörtel, die

Drahtrollen und Fliesen vom Wagen, und als das erledigt war, ging ich ins Bad und räumte es aus, bevor ich mit der eigentlichen Arbeit anfing. Es war gut, zu arbeiten und Geld zu verdienen. Ich öffnete das Fenster über der Badewanne, ließ die klare blaue Luft herein und lächelte den weißen Wolken zu.

*

Unter der Dusche, die sich in Trinis Haus ebenso wie die Toilette neben der Küchenspüle befand, wurde es mir nach dem ersten Arbeitstag warm und wohlig. Ich ruhte mich aus und trocknete mir mit einem Handtuch die Haare, als Trini aus der Dusche kam; er sah naß aus, war aber bereits angezogen.

»Wer ist das?« fragte ich mit einer Kopfbewegung zu dem Foto hin.

»Meine Frau«, sagte er.

»Ehrlich?« Das war schwer zu glauben, nicht nur, weil Trini nicht gerade der bestaussehende Mann des Universums war, sondern auch, weil er hier ohne sie lebte. »Sie ist sehr schön«, sagte ich, indem ich ihr in die Augen und auf die Lippen starrte.

Der Stolz machte ihn gesprächiger. »Sie ist die schönste Frau, die ich je gesehen habe«, sagte er, »und wenn du sie sehen würdest, würdest du sagen, sie ist die schönste, die *du* je gesehen hast. Das ist die Wahrheit«, prahlte er, »die absolute Wahrheit.«

Ich spürte, wir hätten noch länger darüber reden können, wechselte aber lieber das Thema. Ich hatte erst wenige Stunden mit Trini gearbeitet, konnte mir aber schon ein Bild von ihm machen; er war einer von der stillen, nur auf die Arbeit fixierten, ziemlich sturen Sorte, ein Mann, der nur ungern von seinen persönlichen Angelegenheiten sprach. Mein Urteil hat mich allerdings schon oft getäuscht, und nach meinem ersten Eindruck von ihm hätte ich nicht gedacht, daß er überhaupt verheiratet war, und wenn, dann bestimmt nicht mit dieser Frau. Und seine Bemerkung eben sprach dafür, daß ich mich zum dritten Mal getäuscht hatte.

Zum Frühstück und Mittagessen hatten wir Eier und Schinken, Mortadella, Brot – alles aus Trinis Kühlschrank –, aber zum Abendessen hatte Mr. Hernandez uns einen Tisch in einem Lokal im Ort bestellt. Ich zog mich um, und Trini fuhr uns in seinem alten Ford-Pickup dorthin. Das Cafe La Rosa war eine Mischung aus Restaurant und Bar mit drei Billardtischen. Fidel, der vorne bediente, erklärte mir, das erste Bier gehe auf Mr. Hernandez, alle anderen müsse ich selbst bezahlen. Das schien mir fair; ich bestellte das Tagesgericht, Tacos mit Huhn und Mole enchiladas. Ich aß den Teller leer und trank ein zweites Bier in der Bar. Trini spielte Billard und verzehrte seine Mahlzeit nebenher in kleinen Bissen. Nach einigen Bieren konnte ich lachen und unbefangener reden. Ab und zu ging einer der Männer, die nicht am Billardtisch beschäftigt waren, zur Musikbox und drückte ein paar Songs. So verging der Abend. Als ich mir noch ein Bier bestellte, bot ich Fidel an, dies und die anderen zu bezahlen, bevor er oder ich es vergessen würde.

»Ist schon gut«, sagte Fidel. »Erst nach dem Zahltag. So machen das alle, die für Mr. Hernandez arbeiten.«

»Sie vertrauen mir? Sie glauben, daß ich so lange bleibe *und* Ihnen später das Geld gebe?«

»Mr. Hernandez sagt, er hat gute Leute. Oder er kümmert sich darum.«

»Arbeiten viele Leute für ihn?«

»Manchmal vier, höchstens fünf. Und Trini. Für Arbeiten auf der Ranch. Ansonsten nur einer oder zwei. Nicht viele. Meistens nur Trini allein.«

»Und sonst hat er nie mal welche, die länger für ihn arbeiten?« Ich rechnete noch immer mit einer festen Anstellung.

»Weiß ich nicht.«

An den Billardtischen wurde Bier bestellt, und Fidel sprang auf. Mit den Beinen war er sehr agil, mit allem anderen nicht, und so blieben mir Zweifel, ob er meine Frage verstanden hatte, ob er es wirklich nicht wußte oder ob er sich bloß nicht so lange konzentrieren konnte.

Dann war irgendwas beim Billard los. Irgendeine Bemerkung, nahm ich an, denn ich sah nur, daß Trini sein Queue auf den Tisch knallte und sich drohend vor dem Typen aufbaute, mit dem er spielte. Fidel rannte hin und setzte Trini freundlich an einen Tisch, wo er sich abregen sollte. Der andere schüttelte unbeeindruckt und angewidert den Kopf und begann mit seinem Freund ein neues Spiel, behielt dabei aber Trini im Blick, der, die langhalsige Flasche in der Hand, schmollend an seinem Tisch sitzen blieb.

»Was war denn da los?« fragte ich Fidel, der sich die Hände an seiner Schürze abwischte, als hätte er sie eben gewaschen.

»Immer dasselbe. Wenn er trinkt, wird's ungemütlich.« Fidel sah mich an, was er nur selten tat, wenn er redete. »Er hat Ihnen nichts von seiner Frau erzählt?«

»Nein«, antwortete ich in der Hoffnung, mehr zu erfahren, aber Fidel drehte sich um und ging. Ich sah auf die Uhr und meinte, es sei Zeit, schlafen zu gehen. Trini stimmte widerwillig zu, und wir brachen auf.

Für den nächsten Tag hatte ich mir einiges vorgenommen, ich wollte in Küche und Bad die Grundierung für die Keramikfliesen fertig machen. Trini, der mir dabei half, schien im Lauf des Tages ein wenig aufzutauen. Wir kamen gut voran und erzählten uns Geschichten, hauptsächlich von Leuten, mit denen wir in den letzten Jahren gearbeitet hatten.

»Da haben also schon viele dieser Leute bei dir im Haus gewohnt, wie?« fragte ich.

»Eigentlich fast alle.«

»Da muß es abends ja manchmal hoch hergegangen sein«, lachte ich.

»Und manchmal ist es meiner Frau zuviel geworden«, sagte er.

Die hatte ich ganz vergessen. »Ihr beide habt in diesem Haus gewohnt?«

»Ja.«

Mit einemmal sah ich es vor mir, wie Trini zusammengerollt auf dem schmalen Bett beim Fernseher lag, neben sich das Gesicht auf dem Foto. Kaum zu glauben. »Wie hieß deine Frau eigentlich?«

»Reyna.«

Es war mir peinlich, daß ich gefragt hatte, als ob sie gestorben sei. »Und was war dann mit ihr?«

»Eines Tages war sie weg«, gestand er. »Hat mir nur einen Brief dagelassen, es täte ihr leid, und das war's.«

Wie traurig das klang. Es war unschwer zu erkennen, wie sehr er sie liebte, wie sehr sie ihm fehlte, wie geknickt er war. »Wirklich ein Jammer. So eine schöne Frau.«

In einer jähen Aufwallung von Vertrauen zog er seine Brieftasche heraus. »Sieh sie dir an«, sagte er aufgeregt und hielt mir andere Bilder von ihr hin. Auf zweien war er mit ihr zusammen zu sehen, da stand er, ein paar Fingerbreit kleiner als sie, und legte ihr mit stolzem Lächeln einen Arm um die Schultern. Die anderen zeigten sie in sexy Posen, doch war ich mir nicht sicher, ob sie die aus eigenem Antrieb eingenommen hatte oder dazu aufgefordert worden war. »Ihre Maße sind 92-60-89«, versicherte er eifrig. »Ist das nicht die schönste Frau, die du jemals gesehen hast?«

Normalerweise bin ich höflich und sehe mir Bilder, die mir jemand zeigt, sorgfältig und langsam an. Hier war es anders. Ich hätte so lange hinstarren können, bis es unhöflich gewesen wäre. Als ich Trini die Brieftasche zurückgab, war seine Frau Reyna in meinem Kopf lebendig geworden. Im Grunde gefiel mir das gar nicht, aber es war ja nicht meine Schuld. Hatte Trini mich nicht dazu bringen wollen, das ganze Ausmaß seines Verlusts genauso zu empfinden wie er selbst?

An diesem Abend blieben wir nach dem Essen nicht im La Rosa, um noch Bier zu trinken und Billard zu spielen. Wir waren müde und gingen lieber nach Hause, setzten uns vor den Fernseher und tranken Bier aus dem Kühlschrank. Trini saß zusammengesackt mit einer Flasche auf seinem Bett unter dem Bild von Reyna, und ich hockte ihm gegenüber schaukelnd auf einem Stuhl. Der Fernseher war ein Schwarzweißgerät, der Empfang so schlecht, daß man sich kaum konzentrieren konnte.

»Reyna, deine Frau, hat also hier mit dir gewohnt?«

»Ja.«

»In *diesem* Haus?«

»Ja.«

Ich versuchte sie mir in diesem Bett mit ihm vorzustellen. Wie sie dort lag, genauso schläfrig wie wir jetzt waren. Ich hätte mir alles mögliche ausmalen können, was ich mit ihr in diesem Bett anstellen würde, ließ es aber sein. »War bestimmt nicht schön, immer mit diesen anderen Typen dabei«, sagte ich gerade noch rechtzeitig.

Trini schüttelte den Kopf und sah mich seltsam an, fast, als wäre sie bei uns im Zimmer und könnte uns hören. Das 27 x 35-Foto von Reyna war aber auch ungewöhnlich lebendig. Nur zu gut sah man die Feuchtigkeit ihrer Lippen, die Weichheit ihrer Wangen, die langen Bögen ihrer Wimpern, ihre dunkelbraunen Augen und das strahlende Weiß drum herum. Als ich den Blick wieder von ihr abwandte, bemerkte ich, daß Trini mich beobachtete. »Sie fehlt dir bestimmt sehr«, sagte ich und stellte mein Bier auf den Zementboden. Trini schüttelte langsam den Kopf, als ob er an etwas ganz anderes dachte. Ich stand auf und sagte Gute Nacht.

Am Morgen hörte ich ihn. Ich roch gebratenen Schinken und sah einen Lichtstrahl aus der Küche neben mir auf die nackte Mauer fallen. Mein Bett und die anderen vier in dem Zimmer blieben im Dunkeln. Dann hörte ich ihn nach draußen gehen.

Wieder in der ungeteilten Dunkelheit, stellte ich mir Reyna vor, wie sie nebenan im Bett lag. Eine Frau wie sie, ganz allein am frühen Morgen, und hier irgendwelche Männer, ganz allein und mit den Gedanken bei einer Frau wie ihr. Ob Trini immer so stolz auf sie gewesen war? Und ob sie immer so ausgesehen hatte wie auf diesem Foto? Ich malte mir aus, jetzt aufzustehen und sie dort liegen zu sehen. Wie einfach das wäre. Nur um die Ecke blicken, und da wäre sie. Lag sie noch im Bett? War sie schon aufgestanden? Mußte sie sich jeden Morgen, bevor die Männer aufstanden, in aller Eile anziehen oder nicht? Wäre es etwas anderes für sie, wenn nebenan nur einer schliefe? Wie hätte sie sich verhalten, wenn *ich* an einem Morgen wie diesem hier gelegen hätte, wenn ich schon einen Monat hier gewesen wäre und wir uns jeden Morgen hätten aufwachen sehen und allein gewesen wären? Wie hatte sie es nur mit Trini ausgehalten, der zwar ganz nett und freundlich war, aber doch so gewöhnlich, so gewöhnlich?

Dieser Tag war kurz. Trini tauchte erst gegen Mittag auf und sagte, er habe noch eine Menge anderes zu tun gehabt. Er war nicht mehr so schwungvoll und begeistert wie am Tag zuvor. Ich legte die Fliesen in Küche und Bad und fand, ich hatte saubere Arbeit geleistet. Am nächsten Tag sollten die Fugen drankommen. Trotzdem freute ich mich auf den Abend im La Rosa. Ich wollte mit Fidel reden.

Als wir dann dort am Tisch saßen, aßen und Bier tranken, sagte ich Trini, ich wolle ihm ein paar Runden ausgeben, ich hätte nämlich Lust, noch eine Weile an der Bar zu sitzen. Er war einverstanden und ging solange Billard spielen.

Ich beugte mich über den Tresen, damit niemand

zuhören konnte. »Also, was war mit seiner Frau Reyna? Da muß doch irgendwas passiert sein.«

Fidel zog ein Gesicht, als wollte er von diesem Thema nichts wissen.

»Erzählen Sie. Ich möchte es wirklich wissen.«

Fidel wußte nicht, wie er mir sagen sollte, daß ich mich lieber um meine eigenen Angelegenheiten kümmern soll.

»Er sagt, da waren andere Männer. Er beschuldigt alle Männer, manchmal jedenfalls. Wenn er zuviel getrunken hat. Er sagt, sie hätten sie angestarrt. Und sie war allein mit ihnen. Dann war sie weg. Er sagt, sie wäre hier gewesen. Oder drüben in Guillermos Cantina. Jedenfalls bestimmt nicht bei ihrer Mutter, sagt er.«

»Und stimmt das? Mit den anderen Männern? Hat sie's getan?«

»Weiß ich nicht.«

»Wissen nur *Sie* es nicht, oder weiß keiner was Genaues?«

»Weiß ich nicht.«

»Hat sie ihn verlassen, oder ist sie mit einem anderen durchgebrannt?«

»Weiß ich nicht.«

Ich hatte Fidel die Laune verdorben und konnte sehen, wie erleichtert er war, als ein Pärchen an einem der Tische ihn zu sich rief. Als ich dann noch zwei Bier für Trini und mich bestellte, lief er zwar hinter den Tresen zurück, aber ich sah ihm an, daß er sich kaum noch an unsere Unterhaltung erinnern konnte.

Dann ging es wieder los, diesmal mit Trini und zwei Männern, die an einem anderen Tisch spielten. Der größere der beiden stieß Trini herum und machte hämische Bemerkungen. Ein älterer Mann mit Strohcowboyhut trat dazwischen und sagte, er solle endlich aufhören damit. »Reyna, Reyna, Reyna«, höhnte der Große und zog ein affektiert genießerisches Gesicht. Fidel brachte Trini hastig ein kaltes Bier und führte ihn an einen Tisch, wo er zusammensackte und eingeschnappt sitzen blieb.

»Wenn er zuviel getrunken hat«, sagte Fidel, als er an meinem Hocker vorbeikam.

»Dann verkaufen Sie ihm doch kein Bier mehr.«

»Das Bier«, sagte er abwehrend, »ist auf meine Rechnung gegangen.«

Sein Freund hatte den Großen inzwischen zum Gehen überredet, und als er ging, sagte er laut genug, daß alle es hören konnten: »Ich halte das nicht mehr aus, wie der von ihr redet.«

Ich dachte darüber nach und empfand schließlich eher Mitleid mit Trini, weshalb ich nicht sagte, wir sollten gehen, sondern ihn zu einer Runde Billard einlud. Zuerst wollte er nicht so recht, doch ich legte einen freundschaftlichen Ton in meine Stimme, so, wie wir am Tag zuvor miteinander geredet hatten, und bat ihn so lange, bis er aufstand. Er spielte besser als ich, auch wenn ich nicht seit einigen Tagen pausiert hätte. Sogar ein Spiel, in dem ich alle meine Kugeln, die Vollen, versenkt hatte, verlor ich noch, weil es mir nicht gelang, die achte einzulochen. Immerhin schien das Spiel Trini aufzumuntern, und auch ich fühlte mich besser.

»Wir sollten allmählich gehen, wenn wir morgen noch was schaffen wollen«, sagte er.

»Spielen wir noch ein paar Runden, trinken wir noch ein Bier.« Ich gab Fidel ein Zeichen. »Wir sollten sie mal für einen Abend richtig vergessen.«

Ich weiß nicht, warum ich das gesagt habe, vielleicht nur aus Naivität. Auf jeden Fall war es ziemlich daneben, und Trini sah das genauso. Er stutzte, dann knallte er sein Queue auf den Tisch und wich, ohne den Stock loszulassen, ein paar Schritte zurück. Als er nach mir ausholte, traf er unabsichtlich Fidel am Kopf. Die Bierflaschen, die er gerade bringen wollte, zerschellten, und eine halbe Sekunde später sank Fidel um wie ein Sack Getreide, den man unten aufgeschlitzt hat. Trini ließ den Stock nicht los.

Fidel lag immer noch mit einer dicken blauen Beule an der Schläfe bewußtlos am Boden, als die Hilfssheriffs eintrafen. Mr. Hernandez, der kurz nach ihnen vorfuhr, erklärte, er wolle nicht mit Trini im La Rosa warten, sondern ihn selbst ins Gefängnis bringen, damit sie sich auf dem Weg ins Krankenhaus um Fidel kümmern konnten. Mir trug man auf, Trinis Pickup zur Ranch zurückzufahren.

Bei Trinis Haus angekommen, war ich zunächst wenig geneigt, es zu betreten, und versuchte daher, auf der Rückbank seines Wagens zu schlafen. Dann ging ich doch hinein. Das Ganze war schließlich nicht meine Schuld, und ich wollte unbedingt dableiben, komme was da wolle. Ich machte Licht. Und sah mir als erstes diese Frau an, sah ihr in die Augen und auf die Lippen. Dann hängte ich das Bild an die Wand zurück. Ich ging umher und sah mich trotzig um. Dann hörte ich draußen Schritte. Vielleicht lag es am Bier, aber ich war mir ganz sicher, das konnten nur Trini und Reyna sein, und das machte mich noch wütender. Ich stellte mir vor, was ich zunächst mit ihm machen würde, dann mit ihr. Dann trat Mr. Hernandez ein. Er fragte, ob bei mir alles in Ordnung sei. Ich antwortete, daß ich nicht einschlafen könne. Er sagte, er hoffe, daß ich morgen auch ohne Trinis Hilfe vorankommen werde, und dann ging er. Darauf legte ich mich hin und schlief ein paar Stunden, bis der Morgen graute.

An diesem Tag strich ich die Fugen aus, in einem sehr hübschen Dunkelbraun. Ich war stolz auf mein Werk und überzeugt davon, daß es auch Mr. Hernandez gefiel, obwohl er sich nicht dazu äußerte. Als er vorbeikam, sprachen wir nur darüber, ob ich übers Wochenende nach El Paso zurück oder auf der Ranch bleiben wolle. Ich war mir nicht sicher, ob das eine Testfrage sein sollte. Als ich dann sagte, ich wolle lieber zurück, meinte er, ich solle mich fertig machen.

Ich beneidete Mr. Hernandez um seinen glänzenden GMC und diesen neuen Stetson. Ich hätte gern mit ihm über sein erfolgreiches Leben gesprochen, wußte aber, das stand mir nicht zu. Er sprach von Trini. Trini habe mich beschuldigt. Mr. Hernandez bat um Verzeihung und erklärte mir, Trini habe einige Probleme mit diesem Mädchen gehabt, mit dieser Reyna, seiner Frau, und seit sie ihm weggelaufen sei, sei er völlig übergeschnappt. Er sagte, es werde bestimmt schwierig, einen Ersatz für ihn auf der Ranch zu finden, aber er werde wohl nicht daran vorbeikommen. Ich nehme an, das war meine Chance, nur hatte ich mich auf meine Rede kaum vorbereitet. Mr. Hernandez setzte mich vor dem Hotel ab, bezahlte mich in bar und sagte, ich solle hier am Montag um sechs Uhr früh auf ihn warten, nächste Woche würde er mir fünf Dollar die Stunde zahlen. Ich sagte, ich werde da sein.

Die Mennoniten saßen wie üblich im Foyer, auf dem Flur vor meinem Zimmer spielten die Kinder, und die Prostituierte nebenan versuchte wohl etwas Schlaf nachzuholen. Ich nahm den Schreibblock, um meiner Freundin von der Fahrt nach Dell City zu berichten, nur erschien sie mir jetzt weniger real als das Foto von sexy Reyna. Ich war dankbar, das Zimmer mit ihr zu teilen. Ich zählte mein Geld. Ich machte ein Fenster auf. Ich polierte meine Stiefel, packte mein bestes Hemd aus und ging in eine Bar mit Livemusik. Dort lernte ich jemanden kennen, und wir beide gabelten zwei Frauen auf. Dann fuhren wir alle nach Juárez, und ich fühlte mich wie ein Mann, der es zu etwas gebracht hat.

Die Señora

Die Señora hatte eine schöne Aussicht – das Haus, in dem sie wohnte, stand auf den Franklin Mountains und sah auf ein weites, männliches Land hinaus, das sich von der City über den Fluß nach Juárez und weiter über die Vororte dieser Stadt bis hin zur Leere der Chihuahua-Wüste erstreckte. Im Sommer rührte sich tagsüber auf dem Land da unten nichts, unermeßlich und überall hing der blaue Himmel; doch abends war dasselbe Land ein Ozean, in dem sich die gestirnte Finsternis spiegelte. Und genau das mußte die Señora vor vielen Jahren zu diesem Fleckchen hier auf den Bergen gezogen haben, damals, in ihrer Jugend, als sie und ihr Mann, der in den Minen Mexikos reich geworden war und auf dieser Seite nur noch ein Jahr gelebt hatte, nach Norden gekommen waren. Ihr Haus mochte nicht das vornehmste der Stadt sein, dennoch hatten sie es sich einiges kosten lassen. Vielleicht war es reiner Zufall – oder eher die Gunst der Geschichte, denn das Haus stammte aus einer Zeit, als Grundstücke und Arbeitskräfte besonders leicht zu bekommen waren –, ebensogut könnte man jedoch sagen, daß für jemanden, der so wohlhabend und angesehen war wie sie, das Leben in El Paso schon immer billig gewesen war.

Billig, mag sein, aber nicht einfach. Das wußte jeder, der hier gelebt hatte. Jesus wußte es, und Jesse hatte es gelernt. Beide wußten, daß diese Frau – die sie immer nur die Señora nannten – ihnen keine Sekunde lang den Gedanken erlauben würde, es könnte anders sein. Nicht, daß sie das ihr gegenüber erwähnten, nicht, daß sie sie daran hätte erinnern müssen oder auch nur einmal davon gesprochen hätte. Nicht, daß sie daran überhaupt einen Gedanken verschwendeten.

Über die Señora dachten sie dagegen oft nach. Die Gründe lagen auf der Hand. Zum Beispiel, daß Jesus, ein Ausländer ohne Papiere, oft Arbeit von ihr bekam, sowohl hier als auch auf ihrer Ranch in New Mexico, und daß sie seine Frau, die ebenfalls keine Papiere hatte, als Haushaltshilfe einstellte. Zum Beispiel, daß Jesse in einem der Gästehäuser, die man heutzutage möblierte Apartments nennt, praktisch umsonst wohnen konnte, auch wenn er manchmal die Miete bezahlte, was aber nicht jeden Monat geschah, weil die Señora nicht immer daran dachte. Und es gab noch manche anderen Gründe. Es war einfach unmöglich, nicht über diese Frau nachzudenken.

*

In den vier Monaten, die Jesse dort als Mieter wohnte, kam er nur selten aus dem Haus. Wenn er einmal nach draußen ging, dann immer ohne Hemd und mit Sonnenbrille. Da niemand sonst ihn hier fragte, was er in El Paso zu suchen habe, warum und wieso, hatte er es nur mit den Fragen von Jesus zu tun, und der wollte bloß wissen, wo Jesse herkam. Aus Kalifornien, sagte Jesse, Bay Area. Jesus spürte, wie bedacht diese Antwort gewählt war. Aber der erste Eindruck täuschte, Jesse war ein sanfter, höflicher Mensch und durchaus freundlich gegenüber Jesus eingestellt, der seinerseits so friedfertig war wie der Name seiner Heimatstadt La Paz.

»Kaffee?« fragte Jesse, der mit einem Bein aus der Haustür getreten war. Er hatte kein Hemd an, auf seiner unbehaarten Brust spreizte sich ein blauer tätowierter Adler.

»Ja, gern«, sagte Jesus erfreut. Er stellte seinen Farbroller in den Eimer mit weißer Farbe und wischte sich die Hände an der braunen Baumwollhose ab, die er beim Arbeiten trug. Dann rückte er seine mit Farbe bespritzte Houston-Astros-Baseballmütze zurecht und wartete auf der Treppe vor Jesses Tür.

Jesse kam zurück und brachte zwei Becher schwarzen Instantkaffee nach draußen, den er bereits gesüßt hatte. »Wenn du mit dem Anstreichen weiter so schnell machst, bist du deine Geldquelle bald los.« Der Arm mit der eintätowierten Schwarzen Witwe hielt Jesus einen Becher hin.

»Die Señora hat mir gesagt, wenn ich hiermit fertig bin, hat sie noch mehr für mich, zum Beispiel die Zimmer und ein paar andere Sachen.« Seitdem er mitbekommen hatte, daß Jesse nicht einverstanden war mit dem Lohn, den er für seine Arbeit akzeptierte, war Jesus in die Defensive geraten.

»Ganz schön heiß«, sagte Jesse.

»Für mich genau richtig«, sagte Jesus, der glaubte, es sei von dem Kaffee die Rede.

»Ich meine die Sonne, die Hitze. Daß es schon so heiß ist.«

»Ah, ja. Geht so.« Das war ihm noch gar nicht aufgefallen.

Während sie unterm Dachvorbau des Hauses ihren Kaffee tranken, schrillten die Chicharras, die Zikaden, wie kleine Motoren, die gelegentlich abgewürgt werden.

*

Wenn die Señora nicht da war, war es immer still. Nicht, daß sie viel Lärm machte, wenn sie im Haus war; sie erfüllte einfach mit ihrer unsichtbaren Gegenwart die ansonsten herrschende Stille. Daher wunderte sich niemand über den Lärm an dem Tag, als sie starb. Jesus und Jesse hörten es von Anfang an und dachten sich beide nichts Besonderes dabei. Sie ließ ihre Wut an der Krankenschwester aus – das heißt an der Frau, die ihr in weißer Schwesterntracht aufwartete. Die Señora kündigte ihr, schrie sie an, als sie ihr gerade in den Rollstuhl half. Die Señora zeterte, sie solle ins Auto steigen und wegfahren und sich nie mehr blicken lassen. Die

Schwester gehorchte und fuhr den ungepflasterten Weg hinunter; Staub wirbelte auf, als die Reifen über die Steine holperten. Die Señora rollte sich allein über die steinige Fahrbahn bis an den Rand des glatten betonierten Bürgersteigs. Weder Jesse noch Jesus kamen ihr zu Hilfe, so dumm waren sie beide nicht. Als die Señora ihre Haustür erreicht hatte, brach sie in Gezeter darüber aus, daß die Schwester noch die Schlüssel hatte. Sie stützte sich auf ihren Stock, und dann, nur noch auf ihren alten Beinen stehend, hob sie ihn und hieb damit auf die gläserne Türfüllung ein. Nun kam Jesus herüber. Er verstand zwar nicht alles, was sie da auf Englisch herumkreischte, aber er brach eine der Scheiben heraus, griff hindurch und drückte die Klinke. Als die Tür auch dann nicht aufging, brauste die Señora wieder auf und schrie noch lauter. Sie schwitzte nicht, aber ihr Atem war laut und rasselnd. Jesus kriegte die Tür nicht auf, die Señora tobte. Nun kam Jesse herüber. Er ging in Stellung, dann trat er gegen die Tür. Sie zersplitterte am Pfosten und schwang ins Haus. Ohne zu danken, ging die Señora hinein und ließ den Rollstuhl und die zwei Männer draußen stehen, die sie drinnen schreien und jammern hörten. Jesus und Jesse machten weiter mit dem, womit sie zuvor beschäftigt gewesen waren; das heißt, Jesus rollte weiße Farbe an die verputzten Mauern, und Jesse verschwand hinter seiner Haustür, wo er nicht mehr zu sehen war.

*

Es wurde ungeheuer still. Jesse kam aus seinem Haus, und Jesus sah zu ihm rüber.

»Wir sollten mal nachsehen«, meinte Jesse.

»Ja. Das denke ich auch.«

Sie traten ins Haus der Señora: Mahagoni, Kristall und Silber, alles reinlich und glänzend. Sie lag auf dem Boden, der Stiel einer Rose im Muster des Teppichs schien ihr zwischen den Zähnen zu stecken. Ihre Augen waren geschlossen, aber Frieden hatte sich nicht auf ihre mürrischen Züge gelegt. Dieses Arrangement paßte zu ihrem Tod. Es war ganz und gar nicht traurig, sie so daliegen zu sehen, und keiner der beiden gab sich sentimentalen Regungen hin. Sie respektierten einfach die Endgültigkeit dieses Zustands.

Später, als man ihren Leichnam abgeholt hatte, machte Jesus sich daran, den bereits angefangenen Teil der Mauer fertig zu streichen, und Jesse ging in sein Haus zurück. In diesen Stunden schrillten die Chicharras zu Hunderten am Himmel, pausenlos. Sie waren der Grund dafür, daß sie sich immer an diesen Tag erinnerten, und wenn die beiden Männer, nachdem sie ihrer Wege gezogen waren, irgend jemandem diese Geschichte erzählten, sprachen sie vor allem von den Zikaden.

Der Desperado

Als sie ging, knallte sie die Tür zu, und der Junge schrie, wie Tucker es noch nie gehört hatte. Er hob ihn auf, doch er zappelte und wand sich krampfhaft in seinen Armen. Tucker, obgleich von Unruhe erfüllt, sprach ruhig auf den Jungen ein und sagte, es sei alles gut, sie werde gleich zurückkommen. Es war das erste Mal, daß sie Tucker verlassen hatte, das erste Mal, daß er ihr den Jungen nicht geben konnte, wenn er schrie. Es war das erste Mal, daß Tucker und sein Sohn jemals wirklich allein miteinander waren.

»Deine Mama kommt gleich wieder«, sagte er. »Sie kommt gleich wieder, ganz bestimmt. Du brauchst nicht zu weinen, Junge.« Sein Sohn heulte ununterbrochen weiter.

Das alles machte Tucker sehr zu schaffen. Es lag einfach nicht in seiner Natur, sich um schreiende Babys zu kümmern. Er hatte ihr das oft genug gesagt, und in dieser Beziehung hatte er sich immer auf sie verlassen können. Sie könne ihn, behauptete sie, sowieso nicht mit ihrem Sohn alleinlassen, sie traue ihm nicht; was ihm zwar irgendwie nicht gefallen wollte, aber immerhin brauchte er sich nicht mit schreienden Babys abzugeben, und damit war er zufrieden.

»Na komm, Junge, ganz ruhig. Davon geht die Scheißwelt auch nicht unter.« Tucker hielt ihn fest in den Armen, damit er sich nicht freistrampeln konnte. Er zwang sich, den Jungen nicht anzubrüllen, er solle endlich Ruhe geben, zwang sich, ihm nicht den Arsch zu versohlen. Er wußte ja, der Junge hatte wirklich Grund zum Schreien, und das hielt ihn zurück.

Tucker überlegte, womit er seinen Sohn glücklich machen könnte, und dann setzte er ihn neben die Plastikklötzchen, mit denen er so gerne spielte. Der Junge versteifte sich, lenkte seine ganze Angst und Qual in die verkrampften Muskeln und schlug seinen Kopf auf den staubigen Holzboden ihres gemieteten Hauses. Jetzt hatte er wirklich einen Grund zum Schreien.

Tucker ließ den heulenden Jungen im Wohnzimmer liegen und holte sich ein Bier aus der Küche. Er riß die Dose auf, warf den Verschluß neben den Müllsack auf den Boden und setzte sich an den Tisch. Er überlegte, ob er sich einen Joint drehen sollte; er hatte heute morgen einige Pfund rübergeschmuggelt und eine Tüte davon für sich beiseite gelegt. Das Gras war gut, ziemlich teurer Stoff. Er sah darin eine Chance, die einzige Möglichkeit, auch einmal auf einen grünen Zweig zu kommen. Sie glaubte ihm natürlich nicht. Sie fand das viel zu riskant. Er sagte, diese Typen hätten Geld wie Heu, in einem Jahr könnten sie beide es auch soweit bringen.

Diese Arschlöcher sind jetzt wahrscheinlich schon fast in Kalifornien, dachte Tucker und nahm einen Schluck Bier. Er hatte keine Lust, von dem Gras zu rauchen, jetzt jedenfalls nicht. Der Junge schrie immer noch. Tucker nahm einen langen Zug, er trank fast die ganze Dose aus.

Offenbar hatte der Junge sich müde gestrampelt, denn er ließ sich widerstandslos aufheben. Er heulte nur noch unkontrolliert, japste und rang unter Krämpfen nach Luft, ein kleiner schlaffer Sack Fleisch.

Er ließ den Jungen nicht los. Er fühlte sich unbehaglich, aber die um seinen Hals geschlungenen Arme weckten in Tucker so etwas wie einen Instinkt, und er kam sich, ihm selbst unerklärlich, wie ein Vater vor. »Wir werden es schon schaffen.« Er ertappte sich, daß er im Plural sprach. »Du wirst es schon schaffen.« Das machte es auch nicht viel besser.

Tucker ging mit seinem Sohn durchs Haus, schaukelte ihn, streichelte ihm den Rücken. Erleichtert merkte er, daß der Junge, obwohl er immer noch leise vor sich hinwimmerte, nun endlich bald einschlafen würde. Tucker hoffte, daß er, wenn der Junge erst einmal im Bett läge, das Schlimmste überstanden hätte, daß sie zurückkommen würde, bevor er wieder aufwachte.

Er trug seinen Sohn ins Bad, um nachzusehen, ob ihm die Augen zugefallen waren. Er starrte sie beide, sich und ihn, im Spiegel an. Er hatte sich noch nie mit seinem Sohn auf den Armen gesehen, hatte noch nie sein eigen Fleisch und Blut an seiner Haut gespürt, und niemals würde er sich dabei von anderen beobachten lassen. Wie unmännlich das aussah, das war einfach nicht Tuckers Stil.

Und er sträubte sich gegen diese Erfahrung ebenso, wie er sich dagegen sträubte, sich länger als unbedingt nötig im Spiegel zu betrachten. Er trug den Jungen ins Schlafzimmer und legte ihn aufs Bett, wo sie alle zusammen schliefen, nur daß der Junge meistens mitten in der Nacht aufwachte und schrie und Tucker dann aufstand und sich auf das Secondhandsofa im Wohnzimmer legte, damit er ungestört weiterschlafen konnte. Der Junge war sofort weg.

Tucker wollte eigentlich kein Bier mehr trinken, nahm sich aber trotzdem eins aus dem Kühlschrank. Er hatte nichts Besseres zu tun, und seinen Jungen allein im Haus zu lassen, kam nicht in Frage. So verantwortungslos war er nicht, auch wenn er wußte, daß sie bald zurückkommen würde.

Nun drehte er sich doch einen Joint und steckte ihn an. Guter Stoff. Er überlegte, ob er zur Entspannung ein paar Downers einschmeißen sollte, aber sich mit diesen Pillen auszuklinken war noch schlimmer, als mitanhören zu müssen, wie ein Baby nach seiner Mama schrie.

Er würde sich um seinen Sohn kümmern. Und wenn schon, dann auch richtig. Er würde ihr keinen Anlaß geben, vor ihm davonzulaufen. Wenn sie das noch einmal machte oder wenn er sie verlassen würde, sollte sie ihm nicht vorhalten können, er habe nicht für seinen Sohn gesorgt. Und wenn sie ihm doch damit kam, dann jedenfalls nicht berechtigt. Jetzt rauchte er erst einmal den Joint.

Er rauchte und dachte darüber nach, wie er es diesen Schweinen aus L. A. heimzahlen könnte. Im Geiste schoß er ihnen fußballgroße Löcher in den Bauch. Er malte sich aus, wie er und seine mexikanischen Freunde diese Typen eines Abends kaltmachen würden, wenn sie ihn längst vergessen hätten. Dann wurde er realistischer und stellte sich nur noch vor, er würde sie zusammenschlagen und sich sein Geld und vielleicht sogar das Gras zurückholen. Aber eigentlich wußte er, daß er sie nie wiedersehen würde, daß er sich das alles abschminken konnte.

Tucker ging ins Schlafzimmer und sah nach seinem Sohn. Er streckte sich neben dem Jungen aus. Unangenehm, daß er so schlecht einschlafen konnte, aber sollte er sich etwa nicht aufregen? Sie hatte auch ihn verlassen. Er fragte sich, wann sie wohl zurückkäme. Womöglich überhaupt nicht mehr. Er drehte sich auf den Rücken und starrte einen Riß in der Wand an, der im Lauf der Zeit immer breiter wurde und langsam wie der Rio Grande an der dünnen Putzschicht an seinen Rändern arbeitete. Er schloß die Augen und sah sich am Fluß stehen, frühmorgens, am Himmel noch einige Sterne, summende Neonlichter wie im Hollywood seiner Phantasie, und wie sie dann lachend ihren Trans-Am mit schönen Ballen Marihuana beluden und für die reichen Bengel, die kurz zuvor vorbeigekommen waren, diese eine Ausnahme machten. Man kannte sich eben. Er sah das alles genau vor sich: Im Radio lief Ranchera-Musik aus Juárez, er stellte es leiser, drückte das Gaspedal seines sechszylindrigen Falcon durch und nahm die Verfolgung auf; vorbei an der Abfahrt zu ihrem Motel in der Mesa Street raste er ihren Rücklichtern nach, die auf der Interstate in immer weitere Ferne rückten, und ballerte mit seinem Colt wie blöde hinter diesen roten Punkten her. Die Kugeln schossen harmlos in die schwarze Wüstenluft.

Sein Adrenalinstoß ließ das Bett erbeben. Der Junge bewegte sich. Tucker tätschelte ihm den Rücken und betete, sein Sohn möge nicht aufwachen, noch nicht. Verdammt, wo blieb sie nur. Wenn er sie bloß nicht geschlagen hätte. Wenn der Junge ihn bloß nicht dabei gesehen hätte. Er erinnerte sich, wie still der Junge gewesen war, als sie sich prügelten. Daß er da nicht geschrien hatte. Jetzt schlief er wieder. Tucker meinte, er könnte auch ein bißchen Schlaf vertragen. Er versuchte es, und nach einer Weile schlief er tatsächlich ein.

Das Schreien seines Sohnes weckte ihn. Sie hatte ihm gesagt, Babys schreien immer, wenn sie aufwachen. Trotzdem, das ging ihm gegen den Strich. Er nahm ihn aus dem Bett und trug ihn hin und her. Immerhin schrie er jetzt nicht so wie vorhin. Er verlangte noch immer nach seiner Mama, aber nicht mehr mit dieser Verzweiflung.

Tucker ging ins vordere Zimmer und machte den Fernseher an. Er zappte herum und fand schließlich etwas, das ihm gefiel. Ein Western. Ein Marshal und seine Sheriffs lieferten sich eine Schießerei mit irgendwelchen Banditen in einer Felsenschlucht. Tucker sah gespannt zu. Sogar sein Sohn ließ sich davon ablenken, allerdings nur für wenige Augenblicke. Er legte den Kopf an Tuckers Schulter zurück und schrie. Tucker wußte zwar, wer gewinnen würde, aber trotzdem.

Er ging in die Küche und holte sich noch eine Dose Bier. Da stand er nun, fummelte am Verschluß herum und empfand nur noch Ekel. Der Junge pinkelte in seine Papier- und Plastikwindel, und etwas lief ihm am Bein runter auf Tuckers Hemd. Tucker war einfach nicht in der richtigen Stimmung. Was macht sie jetzt bloß? wollte er wissen. Und was, wenn sie überhaupt nicht mehr zurückkommt?

Tucker legte den Jungen neben den Fernseher, zog ihm die Windel aus und ließ ihn nackt dort liegen.

Das Bier schmeckte nicht. Er wollte hier raus, einfach raus, bloß noch abhauen, raus aus diesem Loch.

Aber das war sein Kind, sein Sohn, sein eigen Fleisch und Blut.

Er schleuderte die noch fast volle Bierdose mit aller Kraft an die Wand. Sie schlug mit sattem Knall auf, verspritzte Bier bis an die Decke und hinterließ eine halbmondförmige Kerbe in der dicken Mörtelschicht. Der Junge, von seinem eigenen Elend abgelenkt, beruhigte sich, bis fast das ganze Bier aus der Dose gegluckert war. Dann schrie er um so lauter.

»Entschuldige, Kleiner. Entschuldige. Das hat nichts zu bedeuten.« Tucker meinte das ernst. Er wußte gar nicht, was da über ihn gekommen war. Der Junge sah ihn ängstlich an, aber auch trostheischend. »Das hat nichts zu bedeuten, überhaupt nichts.« Tucker hob seinen Sohn vom Boden. Er ging mit ihm im Zimmer auf und ab, während im Fernsehen Reklame lief. Der Junge wurde ruhiger. Tucker nicht.

»Mal sehen, was wir zu essen haben«, sagte er zu seinem Sohn. Er sah sich in der Küche um, aber da war gar nichts, kein bißchen. Das war einer der Gründe für ihren Wutausbruch gewesen. Er hatte ihr gesagt, es sei kein Geld da. Dann war sie ihm mit seinem Drogenhandel gekommen. Er hatte ihr etwas Geld hingeworfen und sie dann geschlagen. Das hätte er nicht tun dürfen. Sie hatte recht gehabt.

Dem Jungen schien die Suchaktion in der Küche Spaß zu machen. Er zeigte lächelnd auf irgendwelche Sachen. Tucker fand zwei Scheiben Weißbrot und holte die Margarine aus dem Kühlschrank. Der Junge wußte, was jetzt kam, nahm Tucker an, denn er griff nach dem Margarinebecher und schien ganz aufgeregt, als das Weißbrot in den Toaster wanderte. »Oja«, sagte Tucker und versuchte die Begeisterung seines Sohnes stimmlich nachzuahmen, »das ist für dich.«

Jetzt, wo der Junge nicht mehr schrie, fühlte Tucker

sich besser, nicht mehr so, als ob er das alles nur zum Schein täte. Das wird ein starker Junge, wenn er mal groß ist, dachte Tucker. Der wird einiges lernen.

Er trug seinen Sohn zum Kühlschrank und zeigte ihm das Bild auf der oberen Hälfte des Kalenders, der dort hing, das Werbegeschenk eines Autoersatzteilhändlers. »Sieh mal, die Wolken am Himmel, da über den Bergen.« Der Junge legte interessiert einen kleinen Finger auf den bewölkten blauen Himmel und lächelte Tucker an. »Ja, genau! Wolken und Himmel!« Er nahm den nackten Jungen liebevoll in die Arme und brachte ihn zum Fenster über der Spüle. »Und jetzt sieh mal hier«, sagte er und zeigte in den Himmel über den Franklin Mountains. »Siehst du die echten Wolken und den echten Himmel da draußen?« Der Junge sah mit ihm hinaus, und Tucker war sich sicher, daß er verstanden hatte. So stand er, hielt ihn in seinen Armen und verlor sich in Gedanken, von denen er glaubte, daß auch sein Sohn sie dachte.

Als Tucker kapierte, daß der Junge auf den qualmenden Toaster zeigte, war es zu spät. Das Brot war schon schwarz. »Ich muß mir was Neues für dich zum Essen ausdenken«, versuchte er seinen Sohn zu beruhigen. Aber der Junge wollte Toastbrot, und als er merkte, daß er keins bekommen würde, schrie er wieder los.

»Du kannst jetzt keins kriegen!« brüllte Tucker. »Es ist keins mehr da!« Und der Junge schrie vor Schreck und Angst ganz laut und pinkelte Tucker noch einmal von oben bis unten voll.

Tucker ließ seinen Sohn vor dem Fernseher liegen. Der Marshal brachte einen Banditen in die Stadt zurück. Er war verwundet, aber er hatte den Mann gefangen.

Tucker riß sich das nasse Hemd und die Hose vom Leib. Er hatte weder Lust, nach anderen Kleidern zu suchen, noch sich weiter dieses Geschrei anzuhören. Er ging nach draußen, knallte die Tür zu, genau wie sie, und hoffte, daß er den Jungen da drinnen dann nicht mehr hören würde. Verdammt, er wollte wissen, wo sie war, wie sie einfach abhauen konnte, sie wußte doch, daß der Junge seine Mama brauchte.

Vic Damones Musik

Unser Haus paßt genau zwischen zwei Gebäude, die uns fast den ganzen Tag Schatten spenden. Früher hatten wir ein anderes Haus neben uns, mit einem großen Garten und einem neuen Zaun, aber das wurde abgerissen und durch eine Popcornfabrik ersetzt, das heißt, wir haben ständig den Geruch von Popcorn in der Nase. Als der Betrieb damals losging, schenkte der Besitzer meiner Mutter und mir oft riesige Tüten von dem Zeug, und damals hat mir das gefallen. Heute macht mir der Gestank zwar nichts mehr aus, aber wehe, es bietet mir jemand Popcorn an. Auf der anderen Seite trennt ein älterer Maschendrahtzaun unseren holprigen Rasen von einer Wäscherei, die dort schon länger steht, als ich auf der Welt bin, und deren rote Backsteinmauern den größten Teil der Cordoba Street einzunehmen scheinen. Dort kenne ich mich bestens aus. Schon als kleines Kind bin ich nach Betriebsschluß über den Zaun geklettert und auf Schleichwegen in das Gebäude gelangt, wenn ich meine Mutter dort nicht während der Arbeitszeit besuchte. Ich habe dort, selbst wenn ich den Nerv hatte, darüber nachzudenken, nie etwas Bestimmtes gesucht, bin einfach nur auf dem Zementboden herumgelaufen und habe diese geheimnisvollen Maschinen berührt, von denen all die Laken, Handtücher, Hosen, Hemden, Tischdecken und

Servietten gewaschen, getrocknet, gemangelt, gebügelt, gefaltet und zu Bündeln zusammengepackt wurden. Man kann sich kaum vorstellen, wie groß das Ganze ist. Die einzelnen Arbeitsräume sind bestimmt jeweils doppelt so groß wie unser Haus, und es gibt insgesamt sieben davon, und dann gibt es außerdem eine Reihe anderer Räume, in denen noch einige Leute mehr arbeiten. Das war eine ganze Welt, in der man verschwinden konnte. Ich mußte freilich aufpassen, denn ich hatte immer das Gefühl, dort nicht allein zu sein. Manchmal beobachtete ich Leute, die auch da waren, und versteckte mich vor ihnen an Stellen, wo mich niemand finden konnte.

Meine Mutter arbeitet am Falttisch in der Ecke, so lange ich denken kann. Erst vor kurzem ist mir klargeworden, daß es eine Auszeichnung ist, dort zu arbeiten, daß dieser Tisch den bestaussehenden Frauen des Betriebs vorbehalten ist. Während die meisten anderen immer von heißem Dampf umgeben sind, falten diese Frauen mit der Hand trockene, saubere Handtücher und Bettlaken, die der Firma gehören, oder die feineren Sachen, die ein Restaurant oder ein Club eingeliefert hat, und gelegentlich die Privatwäsche der höheren Angestellten der Firma. Sie machen das an einem offenen Fenster, ohne eine Maschine in allzu großer Nähe, sie können hin- und hergehen, sich unterhalten und lachen: alles Privilegien, die die anderen Frauen nicht haben. Wie ich es heute sehe, lag es viel mehr, als ich zugeben möchte, am Aussehen meiner Mutter, daß ich vor drei Jahren, mit dreizehn, hier einen Job bekommen habe.

An Schultagen arbeite ich drei oder vier Stunden, am Samstag acht. Mehr als acht Stunden läßt man mich nicht – es gibt schließlich Gesetze –, aber in den Sommerferien arbeite ich an allen sechs Tagen die volle Stundenzahl. Wir brauchen das Geld, auch wenn meine Mutter und ich allein leben. Früher wohnte noch meine Tante bei uns und half uns ein wenig aus, aber kaum hatte sie geheiratet, kannte sie uns praktisch nicht mehr. Das war etwa um die Zeit, als ich im Sortierraum anfing, wo Lastwagen die ganze schmutzige Wäsche in schweren Säcken anliefern, die dann aufgebunden und auf dem Zementboden ausgeschüttet werden. Die Männer versammeln sich um den Haufen und sortieren: Bestimmte Sachen kommen in den einen Holzkarren, andere in einen anderen, die Buntwäsche wieder in einen anderen und so weiter. Meine erste Stunde dort war beinahe auch meine letzte. Ich stand vor diesem Haufen fettiger Restaurantlumpen, die noch ganz warm waren und in denen es von seltsam zuckenden Reiskörnern wimmelte. So was hatte ich noch nie gesehen. *Gusanos*, grinste ein kleiner Mann neben mir. Maden, erklärte ein großer Schwarzer. Er trug Handschuhe und bot sich an, meinen Platz zu übernehmen und die Sachen zu sortieren, und ich ließ ihn.

Der Kleine, der Spanisch sprach, hieß Victorio und kam aus Panama. Wir haben seit dem ersten Tag zusammen gearbeitet. Er freute sich, daß ich da war, denn er sprach nicht gut Englisch und wurde zu den Schwarzen in den Sortierraum gesteckt. Er war nämlich fleißig und sagte nie etwas, zumindest nichts auf Englisch, das irgend jemanden auf die Idee gebracht hätte, daß er dort nicht arbeiten wollte, auch wenn er zum Mittagessen und in den Pausen zu den spanischsprechenden Männern rüberging, die den Großteil der anderen Beschäftigten bildeten. Daß er so lange bei den Schwarzen blieb, lag auch daran, daß diese ihn mochten. Wenn er neben ihnen stand, wirkte Victorio ziemlich klein, aber er erzählte ihnen ständig, was für einen großen Schwanz er habe, worüber sie sich immer schieflachten. Außerdem konnte Victorio singen, und zwar mit der Unbefangenheit eines Mannes, der nackt unter der Dusche steht, und alle, die ihn hörten, freuten sich darüber, egal ob er in Spanisch oder Englisch sang. Er kannte eine Menge alte spanische Lieder, doch da die Schwarzen es schöner fanden, wenn er die Righteous Brothers imitierte, tat er ihnen auch diesen Gefallen. Er selbst bezeichnete Vic Damone als seinen Lieblingssänger, zum einen wegen des Namens, zum andern aber auch, weil er ein Frauenheld war.

Victorio und ich arbeiten jetzt zusammen mit Raúl im Schüttelraum. Hier geht's ihm besser, weil hier mehr Frauen in unserer Nähe sind und alle, bis auf den Vorarbeiter, Spanisch sprechen. Natürlich vermißt Victorio das wöchentliche Sortieren der Wäsche des Playboy Clubs; denn das machen alle gern, nicht nur wegen der Souvenirs, dieser Plastikstäbchen zum Cocktailrühren mit dem Playboysymbol obendran, sondern auch, weil dort einmal einer ein Bunny-Kostüm gefunden hat, das aber zurückgegeben werden mußte, und ein andermal einen Zwanzig-Dollar-Schein, der behalten wurde. Man bekommt hier fünf Cent mehr die Stunde, die Arbeit ist aber auch anstrengender, hier braucht man mehr Kraft und Ausdauer als beim bloßen Sortieren der blutverschmierten grünen Kittel und Bettlaken und Kopfkissenbezüge aus dem Krankenhaus, was die andern drüben immer noch machen. Hier sind die Laken noch feucht und liegen verknotet in den Holzkarren. Wir müssen sie rausziehen und so aufstapeln, daß die Frauen, die an der Mangel vor uns arbeiten, sie jeweils an einer Ecke fassen und in die Maschine einführen können, aus der sie dann auf der anderen Seite glatt und trocken herauskommen und gefaltet werden. Und egal, was wir tun oder lassen, egal, was für ein Wetter draußen ist, in diesem Raum schwitzen alle. Den Frauen scheint das nicht viel auszumachen, und wir anderen ignorieren es einfach. Raúl meint sogar, das sei gut für ihn, denn er spielt Fußball und trainiert mit Gewichten, und Victorio findet es gut, weil er meint, die Frauen würden davon sexuell erregt, und mir ist es egal, weil ich sowieso nicht vorhabe, hier zu bleiben.

Vielleicht wissen Sie schon, wie das ist, wenn man jemanden wie Victorio unablässig dieselben Lieder singen hört. Wegen der Fenster oben, hinter denen der Besitzer und seine Sekretärinnen arbeiteten und uns beobachteten, konnte er im Schüttelraum nicht so laut singen wie früher, aber immer noch laut genug, daß Raúl und ich es hören konnten. Er hatte sich die LP *Vic Damone Live at Basin Street East* gekauft, wo auch immer das sein mochte (wir wußten es alle nicht). Darauf war sein Lieblingssong, »Adios«, aber auch ein paar neue, die Victorio gefielen – zum Beispiel »When your lover has gone«, den er sofort auswendig lernte –, und einer, der hieß »You and the night and the music«. Damit hatte er Schwierigkeiten, den hörte er sich täglich an, um ein oder zwei neue Wörter herauszubekommen. Den Anfang hatte er schnell gelernt:

You and the night and the music
thrill me with flaming desire
setting my being completely
on fire

Danach hatte Victorio Probleme, aber immerhin wußten wir, daß dann die erste Zeile wiederholt wurde und früher oder später Herzen zu Gitarren wurden, denn diese Zeile hatte er auch schon verstanden.

Nasse Laken aus einem Karren ziehen – das mag sich nicht sehr anstrengend anhören, ist es aber. Schon nach wenigen Stunden, zumal in dieser Hitze, bleibt einem das übliche Geprahle von Großtaten in Kneipen und Betten am Gaumen kleben. Victorio aber sang oder summte auch dann noch, und es war jetzt immer dieser eine Song. Bevor ich Victorio kannte, hatte ich über Vic Damones Musik nie eine bestimmte Meinung, aber nun nahm sie Tag für Tag klarere Formen an. Ich sagte ihm, wenn er schon singen müsse, solle er wenigstens spanische Lieder singen. Er antwortete, er versuche auch die anderen zu lernen, denn er trete gelegentlich in einem Nachtclub auf, und dort komme er nur mit amerikanischen Songs beim Publikum an. Ich konnte ihm daraus keinen Vorwurf machen, und entmutigen wollte ich ihn schon gar nicht. Jeder, der noch halbwegs vernünftig ist, sollte aus dieser Arbeit herauszukommen versuchen. Es gab viel zu viele Leute, die nur deswegen hier hängenblieben, weil sie einfach nicht kündigten. Inez zum Beispiel bedient schon so lange ich denken kann die linke Seite der Mangel, vor der ich arbeite. Sie steht dort, nimmt ihre Ecke des Lakens und schiebt sie zwischen die heißen Walzen. Sie und ihre Partnerin Rosita, die ihre Seite auch schon mehrere Jahre bedient, unterhalten sich morgens ein wenig und nachmittags ein wenig, und damit kommen sie auf ihre Kosten. Genauso ist es bei meiner Mutter. Ihr Hauptvorwand ist der, daß wir nebenan wohnen und die Arbeit ihr leichtfällt.

Es fällt ihr gar nicht so leicht, denn sie war früher einmal die Geliebte des Besitzers. Ich nehme an, gewußt habe ich das schon seit langem, aber erst seit kurzem kann ich es in Worte fassen. Nicht vor den anderen. Ich würde mit niemandem darüber reden, und wenn ich es täte, wüßte ich nicht, was ich dann zu tun oder zu sagen hätte. Und das hat mir natürlich auch niemand eingeflüstert. Jedenfalls nicht bewußt. Man hat es mir mit Blicken und indirekten Fragen erzählt. Als ich voriges Jahr zum ersten Mal zwei und zwei zusammenzählte, flirtete ich gerade mit einer Kollegin, die von den anderen als Prostituierte bezeichnet wurde. Ich blinzelte ihr zu, besah sie von oben bis unten und fragte nach Preisen und Zeiten. Ich wollte, daß alle das sahen, auch meine Mutter. Meistens scheuchte die Frau mich weg und sagte, wobei sie allerdings lächelte, ich solle den Mund halten und wieder an die Arbeit gehen. Es ist nichts mit uns geworden, und meine Mutter hat nie ein Wort darüber verloren. Sie war nur ein wenig trauriger als gewöhnlich.

Der Besitzer ist mit einer Frau in seinem Alter verheiratet. Aber er hat anscheinend immer eine Junge, mit der er sich die Zeit vertreibt. In den wenigen Jahren, die ich hier arbeite, war es eine von den Frauen, die zusammen mit meiner Mutter am Falttisch arbeiten. Sie heißt Juliana und kommt aus Costa Rica. Ich weiß nicht, wie viele verschiedene er im Lauf der Jahre gehabt hat, oder wie es ihm gelingt, sie erst für sich zu gewinnen und dann wieder loszuwerden, ich weiß nur, daß es ihm gelingt. Die meisten Männer, die hier arbeiten, bewundern ihn offen dafür und sagen sogar, sie würden, wenn sie könnten, das gleiche tun, und daß die Frauen Vorteile davon haben, neue Kleider, Schmuck, einen besseren Job. Ich kann mich dem nicht anschließen. Für mich ist er ein häßlicher alter Mann, den man anspucken würde, wenn er keinen Lincoln Continental führe.

Wenn ich das richtig mitbekam, wurde Juliana durch Mercedes ersetzt, die unmittelbar vor den Trocknern Servietten mangelte, also so ziemlich am heißesten Platz, an dem Frauen hier arbeiten dürfen. Mercedes ist achtzehn und erst kürzlich aus Vera Cruz gekommen. Wie viele Angestellte dieses Betriebs hat sie keine Papiere. Wahrscheinlich wäre sie mir niemals aufgefallen, hätte ich nicht eines Morgens vor Arbeitsbeginn den Besitzer mit ihr reden sehen. Wenn ich überhaupt irgendwelchen Frauen Beachtung schenkte, dann nur den Auffallenden, und die paßten vom Alter her gar nicht zu mir. Mercedes eigentlich auch nicht, sie war schon eher eine Frau. Außerdem schielte sie. Ich laufe bestimmt nicht rum und halte mich für den bestaussehenden Mann der Welt, aber es ist doch wohl normal, daß ich keine Freundin haben will, die wegen so einer Sache ständig angestarrt wird.

Dann sah ich über diesen Fehler hinweg und bemerkte auch das übrige, erblickte in Mercedes nur das, was wahrscheinlich der Besitzer in ihr erblickte: eine hübsche Frau mit guter Figur. Nun sah ich sie mir täglich länger an. Ich habe auf der Schule schon einige Mädchen kennengelernt, und wenn ich wollte, könnte wohl eins von ihnen heute meine feste Freundin sein, aber wie gesagt, ich habe Pläne, und darin kommen garantiert keine Weiber vor. Ich weiß nur zu gut, was da im schlimmsten Fall passieren kann, und im besten Fall ginge es mir wie Raúl, der mit einundzwanzig schon verheiratet ist und ein Kind hat und immer noch in diesem Laden arbeitet.

Und dann tat ich folgendes: Victorio sang mal wieder diesen Song vor sich hin, und ich zerrte so schnell und heftig an den Laken herum, daß mir der Schweiß in Strömen in die Hose lief. Die anderen wirkten wie hypnotisiert von der stumpfsinnigen Arbeit. Die Frauen hinter den Mangeln falteten, neben ihnen stand einer und schnürte abgezählte Stapel zu, blaues Papier oben, blaues Papier unten. Ein anderer Mann öffnete die durchsichtigen, runden Klappen der Trockner und kippte die Schleudertrommeln so, daß die wirbelnden Laken in die Holzkarren fielen. Frauen standen nebeneinander an ihren Mangeln, gebeugt, erschöpft, träge, gelangweilt, so oder so, dampfend rotierten vor ihnen die riesigen Walzen. Auch Mercedes gehörte zu dieser Gruppe, ihr schwarzes Haar glänzte schöner als das der älteren Frauen neben ihr. Ich ging hin, um einen Karren in unseren Arbeitsbereich zu holen, und ohne zu überlegen, ob das falsch oder richtig sei, trat ich von hinten an sie heran und strich mit zwei Fingern über die harte Hosennaht zwischen ihren Beinen. Sie zuckte hoch und holte wütend nach mir aus, die anderen Frauen von der Maschine bauten sich schnatternd neben mir auf, als ob ich *sie* angefaßt hätte. Ich rannte mit dem Karren zu Victorio und Raúl zurück und sagte kein Wort. Mein Herz schlug laut, und ich kam mir so blöd vor wie dieser Song von Vic Damone.

Plump und primitiv, aber es funktionierte, auch wenn ich das nicht so geplant hatte – es gelang mir einfach. Am nächsten Tag lächelten die Frauen, und Mercedes sah mich jedesmal an, wenn ich in ihre Richtung blickte. Als ich Victorio darauf aufmerksam machte, wurde er ganz aufgeregt und sang wie ein Verliebter. Ich selbst war, ehrlich gesagt, ziemlich durcheinander. Ich wußte nicht, was ich jetzt tun sollte, was ich überhaupt von Mercedes wollte. Aber aus einer Art Pflichtgefühl heraus ging ich in der Pause rüber und aß mit ihr in der Kantine, während die anderen Frauen sich so gut es ging mit Blicken und Bemerkungen zurückhielten. Mercedes gefiel mir wirklich, trotzdem wollte ich das nicht so in aller Öffentlichkeit zeigen, ich wollte meinen Geschmack und meine Absichten nicht von all diesen Leuten beurteilen lassen. Zugleich aber wollte ich, daß alle es sähen. Und beide Gefühle verstärkten sich noch, als ich daran dachte, was wohl meine Mutter dazu sagen würde.

An diesem Nachmittag wurden mir Victorios lückenhafte Strophen schließlich zuviel, und ich bot ihm an, mir den Song mal anzuhören und ihm den Text aufzuschreiben. Am nächsten Tag brachte er mir die LP mit. Als ich ihm sagte, ich würde Mercedes nach Hause zum Mittagessen einladen und mir mit ihr zusammen das Album anhören, führte er sich auf, als ob ich ihm meine Hochzeit angekündigt hätte.

Mercedes erklärte sich einverstanden, sie tat geradezu so, als ob wir regelmäßig bei mir zu Hause essen würden, und das war nicht das einzige, was das Zusammensein mit ihr zu etwas Besonderem machte. Dazu kam nämlich auch, daß ich mich plötzlich ganz anders fühlte. Nicht jung oder alt, sondern als sei ich hier geboren, auf dieser Seite, und dadurch kam ich mir irgendwie normaler vor. Und männlicher. Nicht im Sinne von forsch oder draufgängerisch, sondern einfach wie ein Mann, der eine Frau hat. Anders gesagt, mich plagten nicht die üblichen Sorgen, denn sie wohnte nicht bei ihren Eltern, und mein Äußeres, meine Freunde, mein Geld interessierten sie nicht. Tatsächlich machte sie mich stolz auf unser Haus nebenan, so stolz wie meine Mutter darauf war, daß es schließlich uns gehörte, wo auch immer es lag. Sie weckte in mir ganz neue Ängste und neues Selbstvertrauen. Als ich an der Stechuhr vorbeiging, beobachtete ich zufällig, wie der Besitzer auf seinem Drehstuhl zu uns herumschwenkte, und als wir die Tür hinter uns hatten und auf dem Bürgersteig unter den offenen Kantinenfenstern entlanggingen, nahm ich das Kreischen und Gaffen dieser Frauen deutlicher wahr als meine Schritte. Mercedes hingegen schien vollkommen ruhig.

Ich hatte den Plattenspieler in unserem Wohnzimmer so lange nicht mehr benutzt, daß er und das Buch, das darauf gelegen hatte, ein Bildband über die tausend Tage der Präsidentschaft Kennedys, dick mit Staub bedeckt waren. Der Staub störte Mercedes nicht im geringsten, und ich dachte, wenn das nur meine Mutter sehen könnte. Ich wußte, sie hätte nichts dagegen, daß ich Mercedes mit rüberbrachte; aufregen würde sie sich nur, weil ich sie ins Haus brachte, ohne daß dort vorher saubergemacht war. Ich stellte mir vor, daß sie sich sehr darüber aufregen würde, daß sie mir endlose Predigten halten würde, wie falsch es sei, jemanden in ein schmutziges Haus einzuladen. Und ich stellte mir auch schon vor, wie ich neben ihr stehen, ihr zuhören und dann sagen würde, daß das Haus doch gar nicht so schmutzig sei, daß sie sich nicht immer solche Sorgen machen sollte. Und schließlich würde sie sagen, der Besitzer sehe es bestimmt nicht gerne, daß wir über Mittag hier rübergehen, denn wir müßten ja nach dem Essen sofort weiterarbeiten, wir hätten uns unerlaubt von der Arbeit entfernt. Worauf ich antworten müßte, daß der Besitzer uns die Mittagspause nicht bezahlt, und daß einige von den anderen zu der Imbißbude weiter unten an der Straße gehen und sich dort was zu essen holen; nicht jeder bleibt im Gebäude, was soll's also? Davon abgesehen hat er noch nie etwas gesagt, wenn ich allein hierhergegangen bin, oder wenn du das getan hast. Er weiß, daß wir die »Noch-fünf-Minuten«-Sirene in jedem Zimmer unseres Hauses hören können. Und dann würde sie mit ihren Vorhaltungen aufhören.

Mercedes und ich hörten uns den ersten Song, den von Victorio, zweimal an, dann ließen wir den Rest der Platte durchlaufen. Ich machte Sandwiches in der Küche, und sie teilte ihr Essen mit mir. Wir unterhielten uns, tranken Limo und blätterten in dem Buch mit den traurigen Präsidentenfotos. Ich legte die Nadel an den Anfang zurück und hörte mir Victorios Song noch einmal an. Dann saß ich neben ihr auf dem Sofa und küßte sie, bevor die Sirene uns wieder an die Arbeit rief.

Am Nachmittag stellte mir Victorio mit leuchtenden Augen zwei Fragen, die wie eine einzige klangen: ob ich den Text des Songs verstanden habe und ob zwischen Mercedes und mir etwas passiert sei. Ich sagte weder ja noch nein, weder an diesem Tag noch an allen anderen, an denen sie und ich zu mir nach Hause essen gingen. Aber ich gab mir ihm zuliebe Mühe, bis ich schließlich den Text und beinahe auch Mercedes hatte.

You and the night and the music
fill me with flaming desire
setting my being completely
on fire

You and the night and the music
thrill me but will we be one
after the night and the music
are done?

Until the pale light of dawning and day lights
our hearts will be throbbing guitars
mornings may come without warning
and take away the stars

If we must live for the moment
love till the moment is through
after the night and the music die
will I have you

Mit der letzten Zeile hatte ich ein Problem. Ich wußte nicht, ob dahinter ein Fragezeichen stehen sollte. Zuerst schien mir das einleuchtend, aber nachdem ich den Song so oft gehört hatte, war ich mir nicht mehr so sicher. Mercedes verstand zwar kein Englisch, trotzdem fragte ich sie nach ihrer Meinung, aber sie konnte mir auch nicht helfen. Ich hörte mir den Song immer wieder an, und je länger ich das tat, desto weniger sicher war ich mir. Und dann hatte ich ein zweites Problem. Ich bekam das Lied nicht mehr aus dem Kopf. Es lief auch ohne Plattenspieler endlos weiter. Und immer sah ich dabei Mercedes vor mir. Jetzt waren sie und der Song miteinander verbunden, genau wie Victorio sie zusammengefügt hatte, und dazwischen krümmten sich meine Gedanken. Empfand ich Abneigung oder Sympathie für das eine, mußte ich Abneigung oder Sympathie auch für das andere empfinden. Zweifel an dem einen bedeutete Zweifel an dem anderen.

Victorio freute sich sehr, als ich ihm den Text gab, doch bat ich ihn, das bitte nicht zu singen, und wenn er unbedingt singen müsse, dann bitte etwas anderes. Er verstand nicht, warum ich Vic Damone nicht hören wollte, auch als ich ihm gesagt hatte, daß es darum gar nicht gehe. Eines Tages kam er zu mir und jubelte, mein Schätzchen Mercedes sei begeistert von seiner Version des Songs, die er ihr eben vorgesungen habe; das sei der Beweis, wie wunderbar Vic Damones Musik sei, und ich solle ihm dankbar sein. Ich flehte ihn an, bloß nichts davon in meiner Gegenwart zu singen. Er gab sich gekränkt, als ob ich Mercedes' Liebe zurückweisen würde. Sie sei so schön, der Song sei so schön, versicherte er mir aufrichtig. Ich versuchte ihm zu erklären, das verstehe er nicht, und dennoch hatte er auf eine gewisse Weise recht.

Alle warteten darauf, daß ich etwas unternahm, das spürte ich. Der Besitzer, meine Mutter, Victorio, Raúl,

Inez, Rosita, sämtliche Frauen an den Mangeln und an den Tischen. Mercedes wartete. Ich war mir nicht sicher. Woher sollte ich wissen, was ich zu tun hatte? Ich wollte und wollte nicht. So einfach war das, und so schwer. Es war genau wie mit der Arbeit im Schüttelraum, wo überall heißer Dampf ausströmt und wir uns schwitzend fragen, warum wir das eigentlich für so ein bißchen Geld mit uns machen lassen, und andererseits, warum nicht, warum nicht, schließlich haben wir einen Job und kennen uns damit aus, was kümmern uns die anderen Möglichkeiten, die es vielleicht da draußen gibt.

Und dann tat ich folgendes: Ich lud Mercedes zum Abendessen bei uns ein. Ich bat meine Mutter, etwas Besonderes zu kochen, und zog los und kaufte die Zutaten. Ich half ihr das Haus sauberzumachen, ich half ihr den Tisch decken und sagte, sie solle ganz ruhig sein, es gehe ja nur um ein Abendessen. Es gab mein Lieblingsgericht, und das ganze Haus roch stundenlang nach Saucen. Als ich dann Mercedes hereinbrachte, hätte ich schwören können, daß meine Mutter zum erstenmal seit Jahren, seit sehr langer Zeit glücklich war. Wir aßen den Käsekuchen vor laufendem Fernseher.

Es war noch hell, als ich Mercedes anbot, sie nach Hause zu bringen. Sie wohnte nicht sehr weit weg, und ich sagte meiner Mutter, wir würden zu Fuß gehen. Als wir aus dem Haus waren, bat ich Mercedes, mir zu folgen. Ich half ihr über den Zaun, damit sie sich nicht die schicke Hose zerriß, in der ich sie noch nie gesehen hatte; ich führte sie durch den Seiteneingang der Wäscherei, durch den ich schon so oft dort eingedrungen war, und dann gingen wir auf dem Zementboden durch die Räume, die wir tagsüber beide so gut kannten, die jedoch abends, wenn die Maschinen nicht liefen und niemand hier arbeitete, kühl und viel größer wirkten. Ich führte sie zu einem wenig benutzten Winkel des Gebäudes, einer Stelle, die nur dazu taugte, Handtücher zu lagern, die nach dem Mangeln gebündelt und dort aufgestapelt wurden. Der Stapel war vorne über zwei Meter hoch, wir stiegen an der Seite wie auf einer Treppe hinauf und ließen uns dann hinten, wo der Stapel sich zu einem Fenster hin absenkte und eine fast flache Matratze bildete, nach unten rollen. Unter uns befanden sich Handtücher, die dort seit mindestens zehn Jahren lagerten, auf denen ich schon herumgeklettert war, als ich von Sex noch keine Ahnung hatte. Ich nahm ein Bündel von dem hohen, erst kürzlich aufgestapelten Teil, zerriß die Schnur, die es zusammenhielt, und breitete die sauberen Handtücher aus. Ich zeigte Mercedes, daß wir an einer Seite des Stapels vorbeisehen und nahezu sicher sein konnten, unbeobachtet zu bleiben, falls nicht jemand direkt hier hereinschauen würde, was aber noch nie geschehen sei, und ich zeigte ihr auch, daß wir durch das Fenster mein Haus und die Straße sehen konnten. Das ist ein ideales Fleckchen, sagte ich.

Wir legten uns auf die Handtücher und küßten und streichelten uns. Schließlich zogen wir uns aus. Wir schliefen miteinander. Wenn sie die Augen zu hatte, war Mercedes die schönste Frau, die ich mir vorstellen konnte. Ich spähte an den hochgestapelten Handtuchbündeln vorbei und konnte am Reflex auf dem Fußboden erkennen, daß im Büro des Besitzers noch Licht war. In der anderen Richtung sah ich Licht bei uns zu Hause, wo meine Mutter entweder allein vorm Fernseher im Wohnzimmer saß oder in der Küche den Abwasch machte. Ich roch die Seife und die Chemikalien in den Handtüchern unter uns und das Popcorn draußen und Mercedes' Parfüm. Und dann fiel mir dieser Song ein. Dieser blöde Song, der so wenig zu meinem Denken und zu meinem Geschmack paßte, wie er, falls das alles einen Sinn haben sollte, irgend etwas mit diesem Ereignis in meinem Leben zu tun hatte. Wider meinen Willen spulte ich die Strophen ab, hörte Vic Damones Stimme und Tonfall, hörte den hohlen Rhythmus des Bassisten und die kitschige Harmonie der Blechbläser, lauschte einer Snaredrum, einem Piano und Vic Damones Stimme, die sich höher und höher schwang, einen Ton und noch einen in die Länge zog, und dann war es vorbei, und es war wirklich für einige Sekunden vorbei, für mehr als einige Sekunden, und ich fühlte mich großartig, besser als ich mir je hatte vorstellen können, bis die Musik wieder von vorn anfing.

Hollywood!

Am Strand von Santa Monica war es sauber und ruhig. Der Sand war feucht, die Luft kühl, der Ozean zahm wie über einer Bucht, und Luís glücklich, daß er für das Parken nichts zu bezahlen brauchte.

»Die Sonne scheint«, sagte er. »Ist das nicht ein schöner Tag?«

»Kalt ist es trotzdem«, sagte Marta, um ihm nur ja nichts durchgehen zu lassen. Sie versuchte Ramón in ihren Pullover zu hüllen, aber ihr kleiner Sohn sträubte sich und würde gleich losheulen, wenn seine Mommy ihn nicht endlich in Ruhe ließ.

»Der friert nicht so schnell«, sagte Luís, um ihre Sorgen zu zerstreuen. »Es tut ihm gut, mal rauszukommen.«

»Es tut ihm gar nicht gut, wenn er sich eine Erkältung holt!« Marta war wütend, daß Luís behauptet hatte, Ramón brauche für den Strand nur eine kurze Hose und ein T-Shirt anzuziehen.

»Wird schon nicht. Sieh doch, wie glücklich er ist.« Solche Argumente brachte Luís gern.

Ramón war wirklich glücklich. Sein Plastikbulldozer pflügte durch den Sand und ebnete eine glatte Straße für seine winzigen Spielzeugautos. Er schien ganz und gar nicht zu frieren.

Marta hatte schon vor langer Zeit eingesehen, daß

sie gegen Luís' Logik nicht ankam. Sie legte sich auf die alte Decke – ihn zum Kauf einer neuen zu bewegen, war ihr nie gelungen –, bedeckte sich selbst mit dem Pullover und legte sich einen Arm über die Augen. Die Sonne war herausgekommen. Sie ärgerte sich.

Am nahen Horizont tanzten Fischerboote. Hubschrauber dröhnten durch die Luft. Jogger trabten auf dem feuchten Sandstreifen vorbei.

»Wenn die so arbeiten würden wie wir, müßten sie nicht laufen«, sagte Luís zum Thema Jogger.

»Die bewegen sich wenigstens, damit ihnen warm wird«, schnappte Marta zurück.

»Wir haben den ganzen Strand für uns allein. Denk an die schönen Erinnerungen, die wir daran haben werden.«

Sie schnaubte spöttisch. Ramóns Autos stießen brummend und quietschend zusammen und bohrten sich in den Sand.

»Wirklich toll hier am Strand«, fröstelte Marta. »Ich kann es kaum erwarten, den anderen zu Hause zu erzählen, wie toll unser allererster Urlaub gewesen ist.« Luís hatte die Idee gehabt, im Winter nach Kalifornien zu fahren, weil die Motels in dieser Jahreszeit angeblich billiger waren und weil es immer hieß, warm sei es dort sowieso.

»Er wird das nie vergessen«, sagte Luís. Vorsichtshalber ging er zu seinem Sohn rüber. »Willst du das Meer mal aus der Nähe sehen?«

Ramón sah zu seiner Mommy hinüber. Schon mit so jungen Jahren schien er zu wissen, daß sein Daddy nicht immer die besten Ideen hatte.

Luís hob Ramón auf und trug ihn zum Wasser. »Die Boote da draußen – na, sehen die nicht aus wie die, mit denen du in der Badewanne spielst?« Luís kam sich ziemlich schlau vor, daß ihm das eingefallen war. Einem Kind sollte man Dinge auf eine Weise beschreiben, die es versteht. »Diese Boote fahren herum und fangen Fische, damit die Menschen was zu essen haben. Wie bei uns zu Hause in der Plantage. Nur sind es hier keine Nüsse, sondern Fische, Sardinen zum Beispiel. Du weißt doch, das sind diese Fische aus der Dose, die deine Mommy mir manchmal ins Essen tut.«

Ramón schien ihm zuzuhören, und Luís, überzeugt, daß er zu dem Kleinen durchdrang, wollte jetzt nicht den Schwung verlieren.

»Und die Möwen, diese Vögel, die da draußen herumfliegen. Siehst du, wie groß die sind? Die heißen Möwen, sie fliegen herum und fangen auch Fische, genau wie die Boote, und davon leben sie.«

Ramón hörte zu. Er beobachtete die Vögel.

»Das Meer ist genau wie das Land. Da leben Tiere drin. Und die Menschen verdienen sich dort genauso ihr Geld wie ich in den Plantagen von Mr. Oakes.« Luís dachte darüber nach und erkannte, daß ihm keine bessere Erklärung einfiel. »Das einzig Wichtige im Leben ist harte Arbeit.« Das war es ungefähr, was er hatte sagen wollen; auf jeden Fall liebte er solche Feststellungen und glaubte aufrichtig daran.

Ramón fing an zu zappeln.

»Du willst runter? Na schön. Mach dir ruhig ein bißchen die Füße naß. Sind das nicht schöne Wellen?«

Jetzt schrie Ramón. Das Wasser war sehr kalt, und die kleinen Wellen machten ihm Angst. Er lief über den Sand zu seiner Mommy.

»Warum fahren wir nicht nach Disneyland?« flehte Marta ihn an, als Luís wieder auf der Decke saß. »So viel kann das doch nicht kosten. Das wäre so ein schönes Erlebnis für ihn, auch wenn es teuer ist. Ich könnte das Geld nehmen, das ich gespart habe ...«

»Es geht nicht um das Geld.«

»... Oder wir könnten ein, zwei Tage früher abreisen, und mit dem Geld, das wir dadurch sparen ...«

»Nein.«

Marta verdrehte die Augen und schüttelte den Kopf. Es hatte keinen Zweck. Alle kleinen Kinder sehnen sich danach, wenigstens einmal nach Disneyland zu kommen, aber Luís hatte seine eigenen Vorstellungen, und das war eine davon: Sein Sohn sollte erst einmal die wichtigen Dinge lernen. Und was bekäme er in Disneyland schon zu sehen, außer Zeichentrickfiguren? Natürlich glaubte Marta ihm keine Sekunde. Für sie war er einfach nur geizig.

Ein Pärchen kam in Badeanzügen und ging bald wieder in wärmeren Sachen. Ziemlich bald. Zwei Teenager schleppten einen großen Stereorecorder herbei. Sie legten eine Tierra-Cassette ein, drehten voll auf und befummelten sich heftig. Schließlich hielt Luís es nicht mehr aus und sagte ihnen, sie sollten das leiser stellen und ihren Sex nicht vor anderen Leuten treiben. Sie zogen ab, aber als sie in sicherer Entfernung waren, schrie der Junge irgend etwas Abfälliges über Luís' Mutter. Marta lachte. Ramón wollte einen Hotdog, weil Luís ihm gestern einen versprochen hatte.

»Auf dem Landungssteg werden Hotdogs verkauft«, sagte Marta. »Ich habe da einen Mann die Treppe runterkommen sehen, der hatte einen.«

»Nein, da gibt's keine«, behauptete Luís. »Außerdem haben wir Sandwiches dabei.«

»Aber du hast es ihm versprochen!«

»He, sieh mal die vielen Vögel, die da hinten gelandet sind«, sagte Luís zu seinem Sohn, um ihn abzulenken.

Ramón hörte auf zu jammern und sah hin. Es waren Möwen und Tauben. Sie warteten in getrennten Gruppen.

»Komm, wir füttern sie! Wir können ihnen was von dem Brot abgeben!« Luís riß Stücke von seinem Sandwich ab und warf sie den Vögeln hin, die kreischend und flügelschlagend herankamen. Ramón sah begeistert zu. Möwen schwebten über ihnen, und Luís warf ihnen zusammengerollte Bröckchen hoch, die sie im Flug aufschnappten. Vom Meer kamen noch mehr

Möwen herbei, vom Steg noch mehr Tauben, und auch Ramón warf ihnen Stücke von seinem Sandwich hin.

Luís wollte ihn ermahnen, kleinere Stücke von seinem Sandwich abzureißen, damit ihm das Brot nicht zu schnell ausging, aber der Junge war nicht mehr zu bremsen. Die Tauben hüpften schon fast auf der Decke herum, und es sah so aus, als hätten sich sämtliche Möwen des Ozeans bei ihm versammelt; plappernd und lachend ließ er die Tauben aus seiner Hand fressen und sorgte dafür, daß jede einzelne Möwe etwas abbekam.

So sehr sich Luís über diese Szene freute, so erleichtert war er doch, als drei schrille Huptöne und die darauf einsetzende Musik Ramón vom Füttern ablenkten und damit die letzten Sandwiches gerettet waren.

»Seht mal!« zeigte Marta. »Drüben auf dem Steg wird ein Film gedreht. Seht ihr die Kamera?«

Ramón wandte sich wieder den Vögeln zu. Luís sah skeptisch zu dem Drehplatz hinüber. Marta wollte unbedingt, daß sie sich das aus der Nähe ansahen. Als Luís seinen Sohn das nächste Sandwich aus der Plastiktüte nehmen sah, gab er Martas Wunsch nach und scheuchte die Vögel fort.

Es ging nur um einen Werbefilm für A&W Rootbeer, aber das störte Marta nicht. Das war Hollywood! Da standen Filmleute neben elektronischen Geräten und zwischen Stromkabeln. Da war ein dicker Regisseur, der in seinem saloppen Cordanzug mit aufdringlichen Armen und Händen herumdirigierte. Da gab es einen

Kameramann mit Cowboyhut, der auf einer fahrbaren Hebebühne saß. Und da gab es gutaussehende junge Schauspieler und schöne junge Schauspielerinnen, die von einer auf Punk gestylten Frau mit Make-up betupft wurden.

»Die sind ja alle blond«, bemerkte Luís zynisch.

»Die zwei Männer mit den Rollschuhen haben dunkle Haare«, korrigierte Marta. »Und es ist auch ein Schwarzer dabei.«

»Jungen. Das sind alles Jungen.«

Erst kam die Hupe, dann die Musik und dann die Action: Hübsche Schauspielerinnen mit nackten Beinen nahmen einen Schluck aus der Dose, gebärdeten sich verblüfft und mimten Gesang zu dem Reklamejingle, das aus einem Lautsprecher vor ihnen dröhnte. Andere Schauspielerinnen joggten herbei und blieben stehen, und einer der Schauspieler kurvte auf seinen Rollschuhen herum. Dann versammelten sich alle auf einer Parkbank, und die Kamera schwenkte auf die überfüllte Bank hinunter und dann von ihr weg.

Das wiederholte sich einige Male, und sie sahen den Schauspielern zu, bis Luís sich an einer anderen Stelle hinter dem Absperrseil postierte. Es gefiel ihm nicht, so nahe bei diesen tätowierten blonden Langhaarigen zu stehen, die, wie er es ausdrückte, immer nur Marihuana rauchten und Bier tranken.

Nach einer Weile sah Luís nicht mehr hin. Er beobachtete einen Mann, der unten einen Traktor über den

Sand fuhr. Er beobachtete einen Lastwagen, der die am Strand aufgestellten Mülltonnen leerte. Dann stellte sich ein uniformierter Aufseher neben ihn und sagte etwas auf Englisch zu ihm. Luís bemerkte, daß der dicke Regisseur ihn wütend anstarrte, und als er sich umdrehte und um eine Übersetzung bitten wollte, stellte er fest, daß Marta und Ramón ihn alleingelassen hatten. Er versteifte sich, bis der Aufseher ihm eine Hand auf die Schulter legte, langsam »Weg hier« sagte und Luís ein Stück zur Seite schob.

»Du warst nämlich im Bild«, erklärte Marta.

Luís hatte das Gefühl, von allen angestarrt zu werden. »Der Junge sollte am Strand spielen. Vielleicht will er ja mal ins Wasser.«

Marta runzelte die Stirn. »Ich will hier noch ein bißchen zusehen. Er hat Hunger. Kauf ihm einen Hotdog.«

»Es sind noch zwei Sandwiches da«, erinnerte er sie.

»Er will aber einen *Hotdog*.«

Luís wollte schon widersprechen, aber kaum hatte Ramón seine Mommy etwas von Hotdog sagen hören, fing er wieder an zu quengeln. Luís wußte, da war nichts mehr zu machen. Er ging mit seinem Sohn zu dem Stand.

»Einen Hotdog«, sagte Luís zu dem Imbißbudenmann.

»Extragroß oder normal?« fragte der Mann mit rauhem ausländischen Akzent. »Sauerkraut, Chili oder Käse?«

Luís sah ihn verwirrt an. »Ich möchte einen Hotdog«, sagte er auf Englisch.

Der Mann starrte zurück. »Wollen Sie einen extragroßen oder den normalen? Wollen Sie den mit Chili oder Sauerkraut oder Käse? Wollen Sie ohne alles oder mit Senf und Soße?«

Luís sah verunsichert zu Ramón hinunter. Der Imbißbudenmann zählte gereizt noch einmal die verschiedenen Möglichkeiten auf, aber bevor er damit fertig war, sagte Ramón in klarem Englisch, daß er einen normalen Hotdog nur mit Ketchup haben wollte.

Luís ging zu Marta und erzählte ihr die Neuigkeit.

»Er sieht fern, und viele seiner Freunde reden Englisch mit ihm«, sagte sie wenig beeindruckt. »Und wenn ich auf die Kinder von Mr. und Mrs. Oakes aufpasse, reden die auch Englisch mit ihm. Spanisch reden die Oakes nur mit dir, aber nicht mit ihren Kindern.«

*

Auf der Rückfahrt nach Hause hätte Luís sich gern mit Marta oder Ramón unterhalten, aber sein Sohn hatte Halsschmerzen und Fieber und jammerte die ganze Zeit, und Marta war wütend auf ihn. Also fuhr er vierzehn Stunden am Stück und war insgeheim nicht unglücklich darüber, zwei Tage früher als geplant aus dem teuren Kalifornien wegzukommen.

In der nächsten Nacht wälzte Ramón sich heulend

auf dem Bett zwischen Mommy und Daddy herum; vergeblich hatten die beiden versucht, ihn vom Schreien abzulenken.

»Früher ist er immer eingeschlafen, wenn du ihm was vorgesungen hast«, erinnerte Luís seine Frau.

»Wie du siehst, hat es diesmal nicht funktioniert«, sagte sie erschöpft. »Vielleicht solltest du ihm eine von deinen Geschichten erzählen. Erzähl ihm, wieviel Geld wir gespart haben, weil wir nicht nach Disneyland gefahren sind.«

Wie üblich ignorierte Luís ihren Sarkasmus. Dabei war die Idee gar nicht schlecht. Er erzählte gern, was Marta seine Geschichten nannte, und er glaubte, Ramón höre ihm gern dabei zu, denn oft schlief er wirklich dabei ein, wenn Luís ihm von den Männern erzählte, mit denen er arbeitete, oder von den Tieren, die sie züchteten, und den Pflanzen, die sie anbauten. Und das war, so meinte Luís, gut für ihn, da solche Geschichten ihm in der Zukunft nützlich sein konnten, zumal er dabei immer einschlief. Er überlegte, ob er ihm von den wilden Burros erzählen sollte, die er in der Mojave-Wüste gesehen hatte, oder von den Saguaros in der Nähe des Picacho Peak, oder von den Piscadores in den Chilifeldern am Rio Grande. Jede dieser Geschichten hätte ihren Zweck erfüllen können.

»Weißt du noch, als wir am Meer waren, wie dir die Wellen an die Beine geschwappt sind? Und die Hubschrauber und diese Fischerboote?«

Ramón hörte auf zu wimmern.

»Weißt du noch, wie diese Vögel um die Boote geflogen sind, und wie sie alle zum Strand gekommen sind, als wir beide sie mit Brot gefüttert haben?«

Ramón schien ihm zuzuhören, er war ruhig. Schon fühlte sich Luís leicht geneigt, Marta, die den Kopf herumgedreht hatte und zusah, mit einer hämischen Bemerkung zu ärgern. »Diese Vögel suchen sich dort ihren Lebensunterhalt, Mijo, und mit ihren Flügeln ...«

Doch plötzlich verlor Ramón das Interesse. Er drehte sich zu seiner Mommy und schrie, weil er Fieber und Halsschmerzen hatte. Luís war tief enttäuscht.

Luís und Marta starrten ins Dunkel unter der Decke ihres kleinen Schlafzimmers. Draußen sägten Grillen, der Wind raschelte in den Bäumen und Büschen um ihr Haus, eine Steppenhexe kratzte an der Hintertür. Eine Katze schrie noch lauter als der Junge, und das empfanden sie beide als tröstlich.

Marta summte ein paar unmelodische Töne. »Wie ging das noch?« fragte sie Luís leise. »*A and Double U* ...«

Luís wußte den Text nicht mehr, versuchte sich aber an die Melodie des Jingles zu erinnern. Sie hatten es dutzendmal gehört, aber so etwas konnte er sich einfach nicht merken.

»*A and Double U Rootbeer* ...« flüsterte sie und hoffte, Ramón sei jetzt vielleicht endlich eingeschlafen, denn er weinte nicht mehr.

Marta versuchte es weiter, und Luís sagte ihr, wenn sie es falsch sang, das heißt jedesmal.

Und dann sang Ramón, der die Augen kaum offen halten konnte, die ersten Worte gerade laut genug, daß sie sie hören konnten.

Luís war fassungslos. Marta lachte. Sie sang: »*A and Double U* kühl und gut, das einzig wahre Root! Kalt genossen der Sommerhit – aaah!« Und wieder lachte sie und summte lachend den Rest, und während sie es immer wieder von vorne sang, um Luís zu ärgern, der in dieser Nacht gerne den Kampf verlor, schlief Ramón ein.

Franklin Delano Roosevelt war Demokrat

Als Bobby Diaz an diesem Morgen, am zweiten Tag seiner auf drei Tage befristeten Beschäftigung zur Auffahrt des Freeway fuhr, war er noch nicht ganz aus einem angenehmen Traum erwacht. Aber er hatte die schönen Träume satt, denn er arbeitete gern und glaubte nichts dabei zu verlieren, wenn er einen Auftrag draußen in Santa Monica annahm, auch wenn es nur für ein paar Tage war. Er wollte lernen, so zu leben, wie es ihm von allen Seiten geraten wurde, und deshalb fuhr er dorthin, wo die Arbeit war, und gewöhnte sich an die Fahrerei. An diesem Morgen war er bereit. Gestern nach dem Abendessen hatte er seinen Lieferwagen vollgetankt und Batterien für sein Transistorradio gekauft. Und jetzt fühlte er sich wie ein Millionär.

Eine Million – zu Hause in El Paso war das immer noch viel Geld. Es war so ziemlich die größte Zahl, die jemand wie Bobby sich denken konnte, und selbst dann war es praktisch unmöglich, sie im Gehirn festzuhalten. Bobby Diaz bog arglos in die Auffahrt zum Golden State Freeway ein – es war noch dunkel, die Sonne knapp unterm Horizont, ein offenes Fenster und sein Dreiganggetriebe sorgten für eine beruhigende Begleitmusik –, und dann erkannte er, was für eine Null er hier in Los Angeles eigentlich war: All diese Autos, deren Lichter wie Ketten von Rubinen und Diamanten funkelten, wie sie glänzten und glitzerten, all die Autos in diesem Lärm und Gedränge, diesem Ziehen und Schieben: da gingen Bobby die Augen auf. Er stellte im Radio einen Rock'n'Roll-Sender ein, hob den Kopf, setzte sich gerade, trat aufs Gas und jagte diesen Scheinwerfern und Rücklichtern entgegen, diesen Stoßstangen und Reifen und Fahrspuren und Schildern, nichts als Beton, Asphalt und Stahl. Bobby gelangte auf den Santa Monica Freeway und fuhr und lenkte unter Millionen anderen – so leben die Menschen, so kommen sie zur Arbeit – und lenkte und fuhr auf den San Diego Freeway und verließ ihn am Santa Monica Boulevard und stellte den Wagen zwei Straßen von der Baustelle eines zehnstöckigen Hochhauses entfernt auf einen Platz, der schon fast zugeparkt war mit allen möglichen Autos und Lieferwagen, von denen die meisten viel ansehnlicher waren als sein ramponiertes Vehikel.

»Na, wie war's?« fragte ihn Joe de la Garza.

»Wie war was?«

»Der Verkehr. Meinst du, ich frag nach deiner Alten? Auch wenn ich sie gern mal kennenlernen würde.«

»Zu schnell, Homes. Und gestern zu langsam.«

»Ich dachte immer, euch Typen aus El Chuco kann nichts erschüttern. Das bißchen Fahrerei auf den Freeways von L.A. ist dir schon zuviel?«

»Scheiße, Mann«, sagte Bobby, »gestern abend hab'

ich zig Stunden gebraucht, bis ich zu Hause war. Heute nehm' ich wieder die normalen Straßen. Scheiß drauf.«

»Mein Haus liegt zehn Minuten von hier«, sagte Joe.

»Dein Haus kostet dich aber auch achthundertfünfzig im Monat, Homes«, entgegnete Bobby. »Und meine Miete ist bezahlt.«

Da Joe ihm keinen Kaffee aus seiner Thermosflasche anbot, holte Bobby sich am Imbißwagen welchen und dazu ein Stück Gebäck. Er gab Joe die Hälfte davon ab. Joe trug eine Uhr, aber die beiden warteten erst einmal, bis die anderen mit der Arbeit angefangen hatten. Sie mußten sowieso warten. Gestern hatten sie die Treppe zum Aufzug gebaut, und heute würden sie eine Plattform bauen, sobald diese dreizehn mit Beton gefüllten 200-Kilo-Fässer nach oben gewälzt und für den Bremstest in die Kabine geschafft waren.

Sie warteten, bis Howard McCann, der Polier, ihnen mitteilte, daß der Transport der Fässer auch zu ihrem Job gehörte. Also trugen sie Bretter herbei, legten je zwei auf- und nebeneinander auf die Treppe und begannen zu schuften. Der Aufzugführer, ein alter Mann namens Frank Lopez, sagte, sie sollten vorsichtig sein. Er zeigte ihnen einen übel zugerichteten Finger an seiner rechten Hand.

»Den hab' ich mir vor fünf Monaten gequetscht. Es war eine halbe Stunde vor Feierabend, und ich dachte, wird schon nichts Schlimmes sein. Aber als ich auf dem Freeway war, wurden die Schmerzen immer stärker.

Das war der längste Stau, in dem ich jemals gesteckt habe. Beim Arzt habe ich dann erfahren, daß ich mir den Knochen zerquetscht hatte; der Fingernagel mußte abgenommen werden. Und zur Krönung des Ganzen bekam die Firma am nächsten Tag irgendwelche Schwierigkeiten und mußte die Baustelle schließen. Einen einzigen Tag hab' ich da nur gearbeitet.«

Frank bestand darauf, ihnen zu helfen, weil er sonst noch nicht viel zu tun hatte; die drei Männer legten sich mächtig ins Zeug, besonders wenn Publikum da war, wenn also zum Beispiel McCann und der Bauleiter in der Nähe waren. Und als einmal zwei hübsche Frauen vorbeikamen, wälzte Joe ein Faß ganz allein ans untere Ende der Bretter und rückte es, nachdem sie es zu dritt nach oben und in den Aufzug gerollt hatten, wiederum ganz allein zurecht und richtete es auf, wobei er sich aufplusterte wie ein Gockel. Sobald sie unter sich waren, ließen sie es langsamer angehen und legten nach jedem Faß eine Atempause ein.

Als die dreizehn Fässer eingeladen waren, kam ein Inspektor mit einem Clipboard und führte den Bremstest durch. Er drückte auf einen Knopf seiner Fernbedienung, und der Aufzug fuhr bis ganz nach oben; ein zweiter Knopf ließ ihn sinken, ein dritter stoppte ihn. Der Inspektor murmelte etwas wie »Bremsweg korrekt, halber Meter«, und dann war erstmal Pause.

»Ihr werdet doch nicht etwa Reagan wählen?« fragte Frank. Die drei saßen auf dem Bürgersteig und sahen zu, wie die Autos sich an der Ampel aufstauten und dann wieder auseinanderzogen. Bobby und Joe sagten, sie seien für die Demokraten.

»Die können reden, was sie wollen«, sagte Frank. »Uns geht's immer schlechter. Von einem einzigen Tag abgesehen, wäre ich morgen ein volles Jahr arbeitslos. Auf den Tag genau ein Jahr.«

»Du hast also heute angefangen?« fragte Bobby. »Wir haben gestern angefangen. Schlimme Sache, arbeitslos zu sein.«

»Ich bin fast durchgedreht«, sagte Frank. »Ich dachte wirklich, ich werde verrückt. Meine Frau arbeitet ungefähr drei Stunden am Tag, mein Sohn geht aufs College und arbeitet nebenher in einem Autoersatzteilladen, aber das bringt nur achtzig Dollar die Woche. Man hat mich zur Jobvermittlung bestellt, und da haben sie mir gesagt, ich müßte ihnen Geld zurückzahlen, weil ich diesen einen Tag nicht gemeldet hätte. In dem ganzen Jahr habe ich nur diesen einen Tag gearbeitet. Dabei hatte ich das gemeldet. Aber auf dem Vordruck für die nächste Woche, in der der Scheck gekommen war. Also habe ich gesagt, sie sollen noch mal nachsehen. Und natürlich war es so, wie ich gesagt hatte. Und wißt ihr was? Da waren genauso viele Leute wie damals, als ich zum erstenmal da hingegangen bin.«

»Ich finde, manchmal hat Reagan gar nicht so unrecht«, sagte Joe. »Die Vorstellung, daß die Russen uns vorschreiben, was wir zu tun haben, gefällt mir gar nicht.«

Frank starrte ihn an. »Mir haben nur zwei Präsidenten gefallen«, sagte er. »Franklin Delano Roosevelt und John F. Kennedy. Reagan ist ein Schwätzer, und er ist nur für die Reichen da. Das Volk interessiert ihn nicht.«

»Ich habe Reagan kürzlich was über Roosevelt erzählen hören«, sagte Joe.

»Aber Franklin Delano Roosevelt war Demokrat«, erinnerte ihn Frank gereizt.

Nach der Pause luden die drei die Testgewichte wieder aus, was immerhin einfacher war als das Einladen, aber auch nicht besonders lustig, weil der Bauleiter verlangte, daß die Fässer an eine ganz bestimmte Stelle gebracht werden sollten. Danach gingen Bobby und Joe das Material für den Bau der Plattform holen. Joe war zwar fast zehn Jahre älter, aber Bobby hatte mehr Zimmermannserfahrung als er, und als sich das am Morgen zuvor herausstellte, hatten sich einige schwierige Minuten ergeben. Wenn zwei Männer als Partner zusammenkommen, erwartet man normalerweise, daß der ältere die Führung übernimmt, aber Joe hatte vom Treppenbau keine Ahnung; und als sie sich jetzt an den Bau der Plattform machten, dachte Bobby, die Sache sei ein für allemal klargestellt. Irrtum. Joe hatte schon das Maßband genommen. Bobby hätte sich ja gern von ihm anleiten lassen, aber es war offensichtlich, daß Joe es nicht konnte, auch wenn er es noch so sehr wollte. Gleich am Anfang war er sich unsicher, wie man »am besten« vorgehen sollte, und fragte Bobby nach seiner Meinung. Bobby erklärte es ihm, und als Joe weiterfragte, machte er es ihm vor, bis Joe ihn schließlich ohne weitere Widerreden die Führung übernehmen ließ. Bobby wollte es sich nicht mit Joe verderben, denn er hoffte, länger als nur diese eine Woche auf der Baustelle zu bleiben – vielleicht nicht direkt im Anschluß, aber es würde hier später noch eine Menge Arbeit für Zimmerleute geben –, und oft behielt eine Firma zwei Leute auch dann, wenn nicht so viel zu tun war. Und deshalb wollte Bobby gut mit Joe auskommen.

Als die beiden gestern nach Bobbys Vorgaben gearbeitet hatten, waren sie so gut vorangekommen, daß sie sich drüben im 7-Eleven heimlich ein Sechserpack besorgten und die Büchsen außer Sichtweite der Baustelle in Joes Auto austranken. Nach Feierabend hatten ihnen McCann und der Bauleiter mitgeteilt, sie seien mit ihrer Arbeit zufrieden, sie seien geradezu erstaunt, wie schnell Bobby und Joe damit fertig geworden wären. Bobby hatte Joe zugelächelt, Joe hatte die Bosse angelächelt. Heute jedoch erschien ihm Joe wie ausgetauscht. Joe sprach überhaupt nicht mehr mit ihm, und als einmal die Bosse vorbeikamen, fiel ihm auf, daß Joe beide mit Vornamen anredete. Demnach schien mehr als bloße Schweigsamkeit dahinterzustecken, als Joe seine Bitte ignorierte, nicht so zu hetzen, sie würden die Sache auch so noch früh genug hinter sich bringen. Die Plattform war noch vor der Mittagspause fertig.

Heute versuchte Joe ihn nicht zu überreden, mit ihm in den Laden zu gehen. Er machte nicht einmal den Vorschlag. Also ging Bobby zum Imbißwagen und kaufte ein Burrito, Hüttenkäse und Orangensaft. Dann setzte er sich zu Frank auf die Plattform.

»Ab heute gibt's also bei dir zu Hause keine Frijoles mehr«, sagte Bobby.

Frank lachte. »Meine Frau kann die so zubereiten, daß sie immer anders schmecken, und dafür habe ich Gott schon oft gedankt.«

»Dieser blöde Joe hat mir gestern erzählt, letzten Monat hätte er nicht mal die Miete zusammengekriegt. Ich bin auch nicht so gut dran. Dieses Gerede von der vielen Arbeit, die es angeblich bald geben soll, höre ich schon seit drei Monaten. Die sagen immer: in zwei Wochen, in zwei Wochen. Das macht einen nervös. Ich brauche so dringend Geld, daß ich auf meine Nummer bei der Gewerkschaft verzichtet und den Job hier angenommen habe. Angeblich für eine Woche, aber ein Monat wär' mir lieber.«

Frank überlegte und sagte dann: »Mein Sohn kommt nach Hause und sagt: ›Mom, ich hab' Hunger, wann gibt's denn mal Fleisch?‹ Dabei weiß er gar nicht, was Hunger ist. Als ich jung war, hat meine Mutter eine Handvoll Bohnen in einen Topf Wasser geworfen: das war unser Abendessen. Um das Baby zu füttern, hat sie mit den Fingern eine Bohne aus der Suppe gefischt und ihm in den Mund gesteckt. Manchmal hatten wir richtig Bauchschmerzen.« Frank preßte beide Hände an den Bauch und beugte sich vor: »So war das damals.«

Auf der anderen Straßenseite setzte Joe rückwärts in eine Parklücke. Er sah noch nicht zu den beiden rüber. Er trank ein Bier.

»Wo kommt der eigentlich her?«

»Arizona.«

»Goldwater. Ach, deshalb.«

»Ich war schon einmal mit ihm auf derselben Baustelle, aber zusammengearbeitet haben wir noch nie. Ich glaub', er ist sauer auf mich.«

Frank überlegte und sagte dann: »Franklin Delano Roosevelt war der einzige gute Präsident, außer Kennedy. Ich könnte immer noch aus der Haut fahren, wenn jemand schlecht über ihn redet. Ich weiß nicht, was aus uns geworden wäre, wenn ich damals nicht den Job beim CCC bekommen hätte. Die haben mich aus diesem Camp in New Mexico nach Colorado geschickt. Und im Krieg gab es Arbeit in Los Alamos. Ich habe jedesmal für ihn gestimmt und hätte ihn auch noch einmal gewählt. Ohne ihn wären wir verhungert. Wir wären verhungert, mitten in den Vereinigten Staaten von Amerika. Ich stamme übrigens aus New Mexico, genau wie meine Eltern.«

Die Mittagspause war fast vorbei, als Joe mit einer Bierdose in einer Tüte zu ihnen kam.

»Da kommt kein Mensch drauf, was du da drin hast, Homes«, sagte Bobby, der immerhin hoffte, daß das Bier Joes Stimmung ein wenig bessern würde.

»Läßt man so was heutzutage noch über die Grenze?« sagte Joe zu Frank.

Aber das Bier half auch nicht. Nach der Plattform war jetzt das Geländer an der Reihe, und Joe übernahm sofort das Kommando. Bobby schleppte von der anderen Seite der Baustelle das Material herbei, Joe sägte und nagelte. Einmal, als Bobby gerade wieder zurückkam, sah er Joe bei McCann stehen, der ihm erklärte, wie er das anstellen sollte. Bobby machte sich Sorgen, ob Joe das überhaupt verstand, aber wenn er ihn nicht beleidigen wollte, konnte er kaum etwas sagen oder tun, also schwieg er und hoffte, Joe würde sich dann, aus welchem Grund auch immer, besser fühlen und sich wieder mit ihm vertragen.

Als sie fertig waren, ging Joe ohne ein Wort zum Wohnwagen des Bauleiters, um sich den nächsten Auftrag geben zu lassen: Die Innenwände des Aufzugschachts sollten auf jeder Etage um die Türen herum mit Sperrholz verkleidet werden, damit den Männern während der Fahrt nicht die Hände abgerissen wurden. Bobby und Joe gingen das Sperrholz holen, das dafür geliefert worden war. Daß sie zusammen gingen, nahm Bobby als Zeichen der Besserung.

»Mehr davon, gib mir mehr«, sagte Bobby gutgelaunt. Er stapelte zwei Platten aufeinander, und Joe warf ihm noch eine dritte zu.

Joe machte noch immer ein strenges Bossgesicht.

»Es ginge einfacher und besser, wenn wir nur zwei auf einmal sägen würden«, meinte Bobby.

»Wir können auch drei auf einmal sägen«, sagte Joe frostig. »Das geht schneller.«

Bobby wandte nicht den Blick von ihm. »Warum kannst du's nicht ruhiger angehen, Mann? Kein Grund, sich so aufzuregen.« Außerdem wurde beim Zuschneiden von drei Platten auf einmal das Sägeblatt viel stärker strapaziert, und sie konnten höchstens fünf Minuten sparen, wenn sie drei statt zwei auf einmal sägten.

»Ich schaffe auch drei auf einmal«, wiederholte Joe.

Bobby schob die Ecken auf seiner Seite paßgenau übereinander und schlug einen Nagel ein, damit die Platten nicht verrutschen konnten, dann sah er sich nach einem Richtholz um. Joe tat auf seiner Seite das gleiche, markierte vorn und hinten die Brettbreite und zog eine Linie. Dann nahm er die Motorsäge.

»Du mußt das Richtholz dazu nehmen!« sagte Bobby, der verhindern wollte, daß das nagelneue Sperrholz gleich ruiniert wurde.

»Ich habe gute Augen. Ich kann das auch so gerade schneiden.«

»Ich werde das Richtholz anlegen, Mann«, sagte

Bobby, jede andere Möglichkeit ausschließend. »Alles andere ist Pfusch. Wenn man es richtig macht, dauert es auch nicht länger, und wenn du Scheiße baust, haben wir kein Holz mehr, und du stehst ziemlich blöd da.«

Joe wußte, daß Bobby recht hatte, aber es gefiel ihm trotzdem nicht.

Bobby nahm die Säge, schnitt jeweils zwei Platten auf einmal zu, und als sechs Bretter fertig waren, fuhr Joe damit ins oberste Stockwerk des gar nicht so hohen Hochhauses und arbeitete dort alleine weiter. Als Bobby die nötige Anzahl Bretter gesägt hatte, trug er davon soviel er konnte zum Aufzug. Frank war im achten Stock, und da sie noch keinen Summer hatten, schrie Bobby ihm zu, er solle runterkommen. In der Annahme, Frank könne ihn nicht hören, ließ Bobby das Material liegen und nahm die Treppe. Joe hatte schon zwei Etagen fertig und fing gerade mit der dritten an. Er arbeitete schnell, hatte aber die befestigten Bretter völlig unzureichend gesichert. Bobby wäre es lieber gewesen, er hätte nichts sagen müssen.

»Ich weiß, wieviel dir daran liegt, einen festen Job zu bekommen, Joe«, sagte er so freundlich wie möglich, »aber wir haben noch ein paar Stunden Zeit. Wir sollten zusammenarbeiten. Wenn wir nicht zusammenarbeiten, sitzen wir bald beide wieder auf der Straße.«

»So arbeite ich nun mal«, gab Joe zurück, richtete seine Worte aber nur an Frank, der den Aufzug angehalten hatte und die beiden beobachtete. »Als Junge habe ich in einem Hotel gearbeitet. Ich habe mir immer soviel Gepäck aufgeladen wie ich tragen konnte, und dabei trotzdem immer noch den Leuten die Aufzugtür aufgehalten. Wenn wir auf ihr Zimmer kamen, habe ich immer nachgesehen, ob sie saubere Gläser und Handtücher hatten, und wenn nicht, bin ich losgerannt und habe alles besorgt, da hat mich niemand bitten müssen. Ich habe ihnen alles besorgt, was sie haben wollten, und zwar immer so schnell wie möglich. So habe ich arbeiten gelernt. Ich bin damit aufgewachsen.«

Frank nickte. Bobby hatte nicht das Gefühl, daß er ihm für den Rest des Tages noch irgend etwas sagen konnte. Bobby und Frank fuhren runter, um die übrigen Bretter zu holen, und McCann, der Polier, der schon mit dem Geländer nicht zufrieden war, begleitete sie nach oben. Er rüttelte an der Holzverkleidung, die Joe angebracht hatte, und sagte, die tauge nichts, Joe habe sich nicht an seine Anweisungen gehalten, und dann erklärte er es ihm noch einmal. McCann schritt über die metallene Deckenkonstruktion und ging zu Fuß die Treppe nach unten. Joe wurde mehr als wortkarg.

Bobby kam sich vor wie ein Schwein, weil er so schlecht von Joe dachte, der doch nur, wie viele andere auch, seine Probleme hatte. Aber er wurde diese Gedanken nicht los. Es war ihm rätselhaft, wie sie längere Zeit zusammenarbeiten könnten, und das deprimierte ihn. Er glaubte das einfach irgendwie durchhalten zu müssen, bis er einen der guten Jobs bekäme, die es ja angeblich bald geben sollte.

Schließlich war Feierabend. Frank lachte, und dann sagte er: »So lange wir alle Demokraten sind!« Die drei Männer sagten »Bis morgen« und gingen auseinander.

Bobby war sich nicht sicher, ob es die richtige Entscheidung war, über die normalen Straßen nach Hause zu fahren. Manchmal ging es voran, manchmal blieb alles stehen, aber am Anfang war es immerhin nicht uninteressant. Er kam an Century City vorbei, wo es all die großartige Arbeit gab, die auch er hätte haben können, wo all diese Geschäftsmänner und Geschäftsfrauen mit Aktentaschen durch die Gegend liefen oder in polierten Autos herumfuhren, deren Fenster so klar und sauber waren, daß er den Glanz in den Augen der Fahrer sehen konnte. Er fuhr durch Beverly Hills, vorbei an den Luxusläden und ihren Kundinnen, die so real und zugänglich erschienen wie die Frauen in Hochglanzmagazinen. Bobby war müde, wahrscheinlich von der Schufterei mit den Fässern; er mußte häufig die Spur wechseln, um langsamen Links- und Rechtsabbiegern auszuweichen, und verlor allmählich die Geduld. Er machte das Transistorradio an und hörte Rock'n'Roll, viel lauter als gewöhnlich. Dann geriet er in richtig dichten Verkehr und kam kaum noch vom Fleck. Er nahm das hin, so gut er konnte, aber als es dann endlich weiterging und irgendeine Frau plötzlich auf die Idee kam, nach links abzubiegen, obwohl sie nicht auf der Linksabbiegerspur war, stieß Bobby die Tür seines Wagens auf, stellte sich aufs Trittbrett und benutzte, da er keine funktionierende Hupe hatte, seine Stimme. Er schrie die Frau an, und als er merkte, daß andere Leute ihn anstarrten, setzte er sich wieder hinters Steuer, schloß die Tür und drehte das Radio leiser.

Ballade

Die Wahrheit sah so aus, daß Cowboy Mike Duran erbärmlich krank geworden war. So krank, daß er dem Arzt schließlich seinen Willen gelassen hatte. Er hatte sich auf eine weiche Bank schnallen lassen und dann in das schwarze Wurmmuster der schallschluckenden Wandverkleidung hinaufgestarrt. Das Labor war modern und sauber, es roch frisch nach neuem Plastik, klug und wachsam blickten die Computerbildschirme, in deren unsichtbaren Rastern immer mehr fluoreszierende Ziffern und Buchstaben erschienen. Als Mike Durans Schädel in den Zylinder der Maschine fuhr, erinnerte ihn das radioaktive Summen, das er hörte und, wie er hätte schwören können, auch spürte, an ein Fernsehgerät, und das wiederum erinnerte ihn an Texas. Mike Duran dankte Gott für die Beihilfe von seiner Gewerkschaft, denn er wußte, das hier war kein gewöhnlicher Arztbesuch.

Daß bei der Untersuchung nichts herauskam, überraschte ihn nicht. Mike war nur wegen eines Rezepts gekommen, aber der Arzt hatte seinen Beschwerden auf den Grund gehen wollen. Für ihn gab es da nichts Rätselhaftes – es war der Tod, und der würde sich auf keinem Röntgenbild erkennen lassen, auch wenn irgendein Arzt so etwas für möglich hielt. Natürlich behielt er diese Ansicht für sich. Es war einfach so, daß die Krankheit und die Gedanken, die sich dabei einstellten, ihn von dieser unabweisbaren Tatsache überzeugt hatten. Nur, wenn er Pillen nahm, und zwar starke, konnte er hoffen, diese Gedanken loszuwerden, wenn auch nicht sofort und wenn auch die Tatsache blieb. Erst hatten sie den präzisen Schmerz in seinem Kopf in ein allgemeines Gefühl des Ekels verwandelt. Mit anderen Worten, ihm war schlecht, und wenn er dagegen ankämpfte, wurde er noch kränker und konnte einen Tag nicht zur Arbeit. Gelegentlich hatte er die Pillen schon genommen – stets mehr als die empfohlene Menge – und weiterarbeiten können. Nur, wenn er das tat, verlor er jedesmal den nächsten Tag, weil er sich dann erst einmal von der Entkräftung durch die Arbeit und die Überdosis erholen mußte. Manchmal nahm er auch Pillen und blieb zu Hause, und nicht selten verlor er auf diese Weise zwei Tage. Das alles hatte die vorhersehbaren Folgen für seine Beschäftigung – er wechselte ständig den Job. Das machte ihn so unglücklich, beziehungsweise so krank, daß er oft, wenn er nicht gefeuert wurde, von selber kündigte. Und das hieß, daß er nicht regelmäßig Geld verdiente, daß er sich unter Druck gesetzt fühlte, daß er sich Sorgen machte und über alles in Wut geriet und darin schließlich die Ursache seiner Krankheit zu erblicken glaubte.

Keiner seiner Kollegen wußte etwas davon. Er ging gelegentlich zum Gewerkschaftshaus, trug sich in die Arbeitslosenliste ein und wartete dann, bis es Zeit für den nächsten Versuch war. Daß man in seinem Gewerbe ständig von einem Job zum andern wechselte, hatte zahlreiche Gründe, einige gute und einige nicht so gute. Wie auch immer, ein normales Gespräch bei der Gewerkschaft verlief etwa so: Jemand, der schon für den betreffenden Arbeitgeber gearbeitet hatte, erklärte den Job für schlecht, die Bosse für Arschlöcher, die Architekten für Idioten und die Arbeiter für Arschkriecher; ein anderer erklärte daraufhin den, der das gesagt hatte, für einen Versager, der einen Job noch nicht mal dann behalten könne, wenn er in acht Stunden nichts anderes zu tun bekomme, als seinen Lohnscheck zu unterschreiben. Was davon nun der Wahrheit entsprach, war oft schwer zu sagen, aber normalerweise entschied der Ruf der Leute darüber, welche dieser beiden Behauptungen für die Chancen bei der Gewerkschaft ausschlaggebend waren, denn auf jeder Baustelle gab es Männer, die bis zum Ende dabeiblieben und durchhielten, egal ob die Arbeit gut oder schlecht war. Jeder Job konnte kritisiert werden, jeder Job konnte für gut befunden werden. Aber wie auch immer, man kam zur Gewerkschaft, man war arbeitslos und glaubte einen Grund dafür angeben zu müssen, und zwar einen überzeugenden, ganz gleich, ob wahr oder unwahr; denn so lag es in der Natur der Männer, die sich in diesem Gewerbe ihr Brot verdienten.

Cowboy Mike hatte einen guten Ruf. Er war nicht immer so krank gewesen und hatte im Lauf der Jahre überall so viele Jobs gehabt, daß viele Männer ihn und seinen redlichen Fleiß bei der Arbeit kennengelernt hatten. Niemand hatte Grund, daran zu zweifeln, daß er absolut aufrichtig war, wenn er die Gewerkschaft und die Zeiten für seine Lage verantwortlich machte. Die Gewerkschaft, behauptete er, sei so schwach geworden, daß auf den Baustellen die schlimmsten Zustände herrschen könnten und niemand auch nur ein Wort darüber verlieren würde. Die Baufirmen hätten es nicht mehr nötig, sich um die Sicherheit zu kümmern oder ihre Leute mit Respekt zu behandeln, weil die Gewerkschaft ja jederzeit für Ersatz sorgen würde. Er sagte, er habe es satt, sich von irgendwelchen Arschlöchern wie ein Hund herumkommandieren zu lassen, er habe es satt, sich mit Schwachsinnigen herumzustreiten, die, wie er es ausdrückte, so dämlich seien, daß sie alle anderen für noch dämlicher hielten. Oft ließ Mike sich auch darüber aus, wofür die Gewerkschaft sich eigentlich einsetzen sollte, für Menschenwürde zum Beispiel, für Sicherheit und handwerkliche Belange. Oder er sprach von den nicht gewerkschaftlich organisierten Arbeitern; das tat er gern, wobei er immer wieder auf Texas zu sprechen kam und von seiner Arbeit dort erzählte, von der schlechten Bezahlung, und wie er seine eigenen Elektrowerkzeuge auf die Baustelle mitbringen mußte und wie ihn da einmal einer an eine 220-Volt-Steckdose angeschlossen hatte, so daß ihm seine eigene Säge durchgebrannt war und er ohne jeden Verdienst nach Hause gehen mußte. Besonders gefiel ihm die Bemerkung: Wer nicht in der Gewerkschaft ist, stürzt aus einem Rohbau ab und kriegt vom Polier die Kündigung zugerufen, noch ehe er am Boden aufschlägt und Anspruch auf Krankengeld hätte.

Für ihn selbst sah die Sache komplizierter aus. In seiner Ortsgruppe kannte Mike die Funktionäre und besonders den Arbeitsvermittler, einen Alkoholiker, der seine Machtstellung ausnutzte, indem er Kriecher bevorzugte und sich für seine Dienste bezahlen ließ. Mike wußte das alles, weil er Leute kannte, die ihm erzählten, wie das bei ihnen lief. Und weil er selbst Zeuge solcher Aktionen geworden war. Trotz allem, was er den anderen auftischte, sah Mike Duran sich weder als Idioten noch als Helden. Wie jeder andere auch, wollte er nur überleben. Und so gab er dem Arbeitsvermittler morgens am Schalter zu verstehen, was er so alles wußte, und ließ, ohne es offen auszusprechen, durchblicken, daß er als Gegenleistung einen Job erwartete.

Es gab noch anderes über Mike Duran zu sagen. Zum Beispiel, daß er ohne Eltern großgeworden war. Er war bei seinen Großeltern aufgewachsen, und es war durchaus nicht sicher, ob sie überhaupt mit ihm verwandt waren. Sie hatten nie etwas darüber verlauten lassen, und bevor er den Mut aufbrachte, sie danach zu fragen, waren sie beide gestorben. Er besaß keine Geburtsurkunde. Von anderen Verwandten wußte er nichts. Man hatte ihm erzählt, er sei in Texas geboren, und während er in einem alten heruntergekommenen Viertel von Los Angeles aufwuchs, nahm der Bundesstaat Texas in seinem Denken geradezu mythische Züge an. Mike Duran, der seine Kindheit beengt von den Gerüchen und Bewegungen alter Menschen verlebt hatte, machte ein knopfloses Schwarzweißfernsehgerät, dem er Auskünfte über seine Herkunft und über seine Einstellung zum Leben entnahm, zu seinen Eltern. Und so kam es, daß er nach dem Tod der Großmutter seine erste und einzige Reise nach Texas unternahm, zunächst nach El Paso, dann nach Dallas und später nach San Antonio, wo er seine Frau kennenlernte. Als er verheiratet nach L. A. zurückkam, fuhr er einen Pickup mit texanischem Nummernschild, den er niemals ummeldete, und brachte einen Cowboyhut mit, den er von nun an immer trug, wenn er hinterm Steuer saß. Seit der Zeit hatte er den Spitznamen Cowboy. Und das gefiel ihm sehr.

Cowboy Mike Duran kam zum Baugewerbe, denn das war für ihn die einzige Arbeit, die noch typisch für den Westen war. Für ihn unterschied sich das kaum von dem, was Viehknechte und Planwagenkutscher, Spekulanten und sonstige Rauhbeine in den alten Zeiten getrieben hatten. Trinken, sich prügeln, zu Huren gehen, hart arbeiten, so lebten diese Männer, deren Arbeit sich stets im Freien abspielte, deren innere Werte wichtiger waren als ihre Kleidung, deren Wille so stark und ausgeprägt war, daß sie notfalls auch alleine anpackten, ohne Kräne, Bulldozer und Bagger, mit bloßen Händen arbeiteten, wenn es darum ging, mit etwas fertig zu werden, und sich dann, ohne weiter nachzudenken, dem nächsten Job zuwandten. Kurz gesagt, Cowboy Mike Duran engagierte sich für die Gewerkschaft etwa ebenso stark wie für die Idee, daß er aus Los Angeles stammte.

*

Als es Cowboy Mike schließlich besser ging und er sich fit genug fühlte, kam er wieder regelmäßig, bis ihn eines Tages der Arbeitsvermittler an den Schalter winkte und zwinkernd erklärte, er habe hier was, das werde ihm gefallen.

Das war nicht gelogen. Die Baustelle, auf der ein sechzehnstöckiges Hochhaus entstehen sollte, lag am Sunset Boulevard, im wahren Zentrum von Cowboy Mike Durans Dasein, wo die Reklametafeln grell wie Scheinwerfer und groß wie Banken waren, wo stilvolle Restaurants Namen wie Pudel hatten und die Atmosphäre von Nachtclubs ausstrahlten, wo körperbewußte Männer und Frauen sich wie berühmte Schauspieler, Musiker oder Produzenten kleideten oder einfach nur cool und reich. Es war das, was Cowboy Mike sich immer ersehnt hatte – hier konnte er bewundert werden und seine schweißüberströmten Muskeln zeigen, ein echter lebender Marlboro-Mann genau gegenüber dem größten Pappkameraden der Welt, der nie etwas anderes tat, als ein Seil zu halten.

Der Job selbst war wie jeder andere. Drei Männer zogen mit Mike zusammen los, und nach einer Woche waren die drei entlassen. Der alte Mann, der schon seit dreißig Jahren am Bau arbeitete und kurz vor der Rente stand, mußte gehen, weil er zu langsam war. Der Schwarze mußte gehen, weil er sich mit der Arbeit nicht auskannte; und der aus Mexiko gebürtige Zimmermann mußte gehen, weil er nicht gut genug Englisch sprach. Das alles erfuhren sie natürlich nicht. Ihnen wurde bloß gesagt, es sei nicht genug Arbeit für sie da. Ihnen irgend etwas anderes zu sagen, Ansatzpunkte für einen Prozeß zu liefern, wäre ebenso unklug gewesen wie eine Andeutung der eigentlichen Wahrheit – daß die da oben was gegen alte Männer hatten, gegen Schwarze und gegen Mexikaner, die keine Tagelöhner waren. Wäre Mike entlassen worden, hätte er diese Ungerechtigkeiten sofort zur Sprache gebracht, aber solange er beschäftigt war und besonders, solange er sich innerhalb des Bauzauns aufhielt, fand er an der Logik dieses Denkens kaum etwas auszusetzen: Eine Kolonne war nur gut, wenn dort jeder jeden leiden konnte, und nur eine gute Kolonne wurde mit der Arbeit fertig. Am Bau mußten Termine eingehalten werden, alles andere kostete Geld. Warum sollte eine Firma nicht das Recht haben, jeden rauszuwerfen, der den Gewinn zu schmälern drohte? Dieselbe Logik erklärte, warum für diese Männer andere eingestellt wurden, die nicht von der Gewerkschaft kamen, die dort nicht einmal Mitglied gewesen waren, bis sie von dem Arbeitsvermittler, der offenbar meinte, mehr müsse er gar nicht tun, eine Mitgliedskarte geschickt bekamen.

Der Vertrauensmann auf der Baustelle, der Mann, der die Gewerkschaft und ihre Prinzipien vertrat und der als einziger Beschwerden entgegennehmen und einem Polier oder Aufseher vortragen konnte, ohne Angst zu haben, gefeuert zu werden, dieser Mann hieß Bud. Er arbeitete selbst als Polier und war ein Bruder von Charles W. Hobbs, dem Inhaber der ausführenden Baufirma Charles W. Hobbs Construction. Außer diesen beiden gab es noch einen Sohn von Charles W., Charlie genannt, und drei weitere Brüder, Ben, Mack und Preston. Die Brüder Hobbs stammten aus San Angelo und waren einer nach dem anderen nach Los Angeles gekommen und in die Firma ihres ältesten Bruders Charles W. eingestiegen, der seine Geschäfte ständig erweiterte. Hobbs Construction gab sich mit der Gewerkschaft nur ab, wenn es unbedingt nötig war, und auf dieser Baustelle mußte es sein, weil die Stahlbetonbauer von der Metallergewerkschaft schlichtweg jede Zusammenarbeit mit Nichtgewerkschaftern ablehnten, Punkt. Charles W. Hobbs fand einfach keine Kolonne nicht gewerkschaftlich organisierter Stahlbetonbauer, die auf einer Baustelle von dieser Größe arbeiten konnten.

Die Brüder Hobbs fanden Cowboy Mike sympathisch, und das nicht nur wegen seiner texanischen Herkunft, die er in ihrer Gegenwart natürlich nicht so stark herausstrich, sondern vor allem, weil er arbeiten konnte und weil er, da er im Lauf der Jahre schon viele Hochhäuser mitgebaut hatte, in den meisten Dingen besser Bescheid wußte als jeder andere auf der Baustelle. Aus diesem Grund ließen sie ihn arbeiten mit wem er wollte und was er wollte, und nur, wenn mal eine Wand, eine Zwischendecke oder ein paar Pfeiler wirklich fertig werden mußten, kamen Bud oder Charles W. und baten ihn, dort mit Hand anzulegen, und Mike schaffte es jedesmal, die Verschalung pünktlich fertigzustellen.

Mike liebte seine Arbeit, und mit jedem Tag, den er gesund und beschäftigt hinter sich gebracht hatte, nahm seine gute Laune zu. Er winkte sogar dem Arbeitsvermittler grüßend zu, wenn der vorbeikam und mit Bud an einer Ecke der Baustelle redete, als der Bau auf Höhe der Straße angekommen war. Mike nahm an, der Arbeitsvermittler hole sich sein Schmiergeld ab. Wäre er krank gewesen, hätte ihn das mit Sicherheit in Wut ausbrechen lassen. Aber Cowboy Mike fühlte sich großartig, und so war es ihm auch vollkommen gleichgültig, daß die meisten – vielleicht alle – aus seiner Kolonne jede Woche zwei Schecks bekamen, einen für

Stunden, die dem Finanzamt gemeldet wurden, und einen von einem besonderen Konto für ganz normale Arbeit, den weder die Firma noch der Empfänger versteuerten. Sie hatten das ihm gegenüber nie direkt erwähnt, wahrscheinlich, nahm er an, weil der Arbeitsvermittler das Ganze deckte und ihnen gesagt hatte, daß sie Cowboy Mike vorerst noch nicht hundertprozentig vertrauen sollten.

Sein Scheck wurde immer eingelöst, und das reichte ihm. Auch sonst hatte er ziemlichen Spaß. Die Lage der Baustelle brachte es mit sich, daß häufig Fotografen auftauchten und Bilder machten, und einmal wurde Mike, gesund und kräftig, wie er aussah, gefragt, ob er etwas dagegen habe, ein paar Aufnahmen speziell von sich machen zu lassen. Natürlich hatte Mike nichts dagegen.

Auf dem Foto, das ihm am besten gefiel, sah man ihn nach der Arbeit mit nacktem Oberkörper und Cowboyhut zusammen mit einigen Kollegen neben einem Pickup stehen und Bier trinken. Als dieses Bild in einem Foto-Essay mit dem Titel »Männer bei der Arbeit« in der Zeitschrift *California* erschien, erklärte er es für das beste. Die Bilder zeigten einen Farmer, einen Stahlarbeiter, einen Metzger, einen Feuerwehrmann und auf mehreren Seiten Mike Duran auf der Baustelle. Den größten Eindruck machte natürlich das Foto auf der Titelseite. Cowboy Mike Duran, sein Gesicht markant wie das eines Indianers, seine Haut so braun wie feuchte Erde, nichts als Muskeln und Schutzhelm, die weite Hose und ein Hammer, neben ihm eine gespannte Schnur und eine Skilsäge mit Schneckengetriebe, war der Mann vom Bau schlechthin, der Inbegriff des Bauarbeiters.

*

Dann kam langsam die Krankheit zurück. Er versuchte, mit guter Haltung und rezeptfreien Pillen vor der morgendlichen Tasse Kaffee dagegen anzukämpfen. Anfangs funktionierte das, wie immer. Eine ganze Woche lang. Jedoch wachte er Tag für Tag mit schlimmeren Schmerzen auf. Schließlich nahm er vor der Arbeit eine von den stärkeren Pillen, die der Arzt ihm verschrieben hatte, und eine Handvoll von den anderen. Mag sein, daß er sich auf der Baustelle mehr anstrengte, aber im Schlaf machte er sich Sorgen. Gewisse Träume sagten ihm, daß die Krankheit im Verborgenen lauerte. Vielleicht schlafe ich zuviel, dachte er und blieb abends länger vor dem Fernseher sitzen. Vielleicht schlafe ich zuwenig, dachte er. Er trank mehr, er trank gar nichts. Aber es kam wie gehabt: Cowboy Mike Duran wurde ernstlich krank und fehlte alle zwei Wochen ein oder zwei Tage auf der Baustelle.

Einerlei, ob er Schmerzen litt oder ob die Pillen sie ihm vertrieben, in diesen Zuständen durchlebte Mike Duran noch einmal seine Kindheit. Seine Großeltern waren alt und machten sich immerzu Sorgen. Weswegen, das wurde ihm nie so recht klar, und er fragte auch nie danach – er machte einfach den Fernseher an. Dieser war das einzige Möbelstück, das äußerlich noch intakt war, dessen Oberfläche nicht abblätterte wie, so stellte er es sich vor, die Haut seines Großvaters. Der starb schließlich, als Mike sieben oder acht Jahre alt war, er wußte es nicht mehr genau. Und dann verzichtete Mikes Großmutter ihm zuliebe darauf, Spanisch zu sprechen. Mike hörte ganz auf, zuzuhören und zu sprechen. Sein Essen machte er sich selber. Dosenmahlzeiten: Suppen, Gemüse, Obst. Er briet Hamburger. Sie kochte Bohnen. Wenn er nicht den Fernseher an hatte, saß er manchmal davor und starrte auf einen Astknoten in der Holzvertäfelung der Decke. Diesen Knoten konnte er so lange anstarren, bis er lebendig wurde. Einmal sah er ihn als schwarze Schlange, zusammengerollt. Er lief ins Zimmer seiner Großmutter und fand sie im Bett, eine Frau, die so viel schwächer war als er, daß er ihr lieber nichts davon erzählte. Damals hatte er gerade die High School angefangen.

Die Krankheit ähnelte dieser Schlange. Sie glitt langsam, furchtlos in ihm herum und hob jedesmal den Kopf, wenn sie auf einen neuen Punkt seines Daseins stieß. Ihr Gift war bitter – er schluckte Pillen –, und jener Punkt wand sich, fühllos geworden, heftig hin und her, ein zuckendes Ungeheuer, bis es überwunden war und friedlich heiteren Erinnerungen zu weichen begann. In solchen Augenblicken erkannte er sich selbst mit einer Klarheit, die, das wußte er, nur der Tod sein konnte.

*

Hobbs Construction beschäftigte auch Zimmerleute, die nicht mit Charles W. verwandt waren, freilich nur solche, die, mit Ausnahme von Cowboy Mike, wenigstens zu einem der Brüder in freundschaftlicher Beziehung standen. Aber Freunde und Verwandte sind nun einmal nicht dasselbe. Charles W. war der einzige in dieser Familie, den man weder dumm noch faul nennen konnte, und es war kaum daran zu zweifeln, daß die Arbeitstage seiner Brüder und seines Sohnes längst nicht so malerisch gewesen wären, wenn es die Firma nicht gegeben hätte. Ihre Freunde sprangen konsequent und allem Anschein nach dankbar für sie ein. Ein gesunder Cowboy Mike Duran hätte sich auch daran nicht gestört – es ging schließlich nicht um sein Geld, und je schlimmer sie sich aufführten, desto besser stand er selbst da.

Seit sein Bild auf der Titelseite von *California* geprangt hatte, war man ihm gegenüber großzügiger, als man normalerweise erwarten konnte. Man schien sich eher zu freuen, ihn wiederzusehen, als sich zu ärgern, daß er nicht gekommen war. Das war der größte Lohn, den ihm sein Ruhm eingebracht hatte. Wenn Allerweltsträume auf dem Titelbild einer Zeitschrift sichtbar wurden, traf das genauso für einen Arbeiter zu, dessen einzige Leistung darin bestand, daß er etwas tat, was so ziemlich jeder für selbstverständlich hielt, und das galt natürlich auch für Mike, nur daß seine Krankheit ihm einiges von der Freude genommen hatte, die ihm seiner Meinung nach doch auch zustand. Er hatte gedacht, sein Leben würde sich daraufhin irgendwie grundlegend verändern. Aber es geschah nichts: Er bekam keine Lohnerhöhung, es meldete sich niemand, der einen Film mit ihm drehen wollte, auf der Straße liefen ihm nicht die Frauen nach. Und krank wurde er auch noch. Nichts kam so, wie er es erwartet hatte.

Er stellte sich vor, daß sein Leben ohne die Krankheit ganz anders verlaufen wäre, daß es sich dann irgendwie anders entwickelt hätte. Vielleicht wäre er nicht in die Gewerkschaft eingetreten, vielleicht wäre er unabhängig, wie er es sich immer ausgemalt hatte. Wenn nur alles so gut gegangen wäre wie damals seine Reise nach Texas. Das war das einzige Mal in seinem Leben, daß etwas für ihn nach Wunsch gelaufen war, so wie es sein sollte. Er war zurückgekehrt mit dem Gefühl, das Land, die Menschen, die Vergangenheit kennengelernt zu haben. Seither war alles eine einzige Enttäuschung gewesen, und daran konnte nur diese Krankheit schuld sein, dachte er. Die verhinderte, daß er die Geschichten erlebte, die er so gern erzählen wollte.

Die Krankheit brachte ihn dazu, sich über die Faulheit des Hobbs-Clans zu ärgern, und erinnerte ihn daran, wie vielen anderen, die niemanden kannten, die keinen Vater oder Bruder oder Onkel hatten, gekündigt worden war. Speziell dachte er das an dem Tag, als Bud, dessen Bauch so dick war, daß er beim Essen sein Tablett darauf stellen konnte, und der genauso alt war wie Mike, ihn bat, er solle auf einen Trägerbalken gehen und dort einen Zollstock anhalten, damit er und Charlie, der normalerweise den Zollstock hielt, eine Messung vornehmen konnten. Hobbs Construction nahm es mit der Sicherheit bei weitem nicht so genau wie die meisten anderen Firmen, für die Mike gearbeitet hatte, aber das war ihm immer egal gewesen, nur jetzt freilich nicht mehr. Er hatte schon drei von den starken Pillen und zu viele von den anderen geschluckt und konnte selbst auf festem Boden kaum noch geradestehen, und ausgerechnet da mußte der fette Bud ihm, und nicht Charlie, die Anweisung geben, sieben Meter weit auf einen spannenbreiten Balken hinauszugehen. Unter ihm schwankte, zwei Stockwerke tief, ungesichert und bodenlos, das Baugerüst mit seinen Querverstrebungen. Der Träger lag nur knapp auf zwei-mal-vier-Zoll-Balken auf, denn Hobbs Construction hatte noch nie ein so großes Gebäude errichtet und sparte sich lieber das Geld für die stabileren vier-mal-vier-Zoll-Balken, die nicht gleich wegrutschten, wenn man mal einen Schritt falsch setzte. Links und rechts von dem

Balken waren die vier Stockwerke tiefen Schächte für die Aufzüge.

Cowboy Mike Duran konnte keinem sagen, daß er krank war; er konnte es einfach nicht. Er würde niemals zugeben, daß er zu viele Pillen nahm, daß er schwach war und Angst hatte. Er wußte gar nicht, wie man so etwas sagen sollte. Also trat er auf den Balken, neben sich je einen schwarzen Todesschacht, über sich den blauen Himmel des Westens. Und als er es ans andere Ende geschafft hatte, hielt er den Zollstock so lange hoch, bis der dumme fette Bud ihn endlich abgelesen hatte, und machte sich dann ohne zu klagen auf den Rückweg. Doch als Bud ihn fuchtelnd anschrie, noch einmal zurückzugehen – er glaubte sich bei der Messung vertan zu haben –, mußte Cowboy Mike Duran an die Gewerkschaft denken, an Texas und an den Tod.

*

Er versuchte, diese Schlange zu ignorieren; er hatte einen Stuhl im Zimmer verschoben, damit er sie nicht mehr sehen konnte. Er stellte den Fernseher woanders hin. Aber es nützte alles nichts. Wenn er seine Fertigmahlzeiten aß, hockte sie über ihm. Seine ganze Kindheit lag da oben zusammengerollt. Einmal starrte er ihr in den Rachen, und schon drang er hinein. Dort war es dunkel und beängstigend, aber dieses Gefühl verging genauso wie die Zeit. Genauso wie die Zeit verging, wenn man im Fernsehen einen Film anschaute. Die Guten und die Bösen, Revolver und Pferde, Recht und Unrecht. Der Westen.

Die Ratte

Das Leben in der Stadt setzte mir ziemlich zu, und die Ratte war zunächst einmal bloß ein weiteres Ärgernis, jedenfalls an dem Tag, als meine Frau sagte, wir hätten eine. Sie wollte mit dem Baby im Arm aus dem Haus gehen und schrie auf, als sie das Tier an der Innenseite der Fliegentür herumkratzen sah. Ich brauchte ein paar Minuten, bis ich begriffen hatte, aber dann ging ich mit Plastikmülleimer und Strohbesen bewaffnet zur Tür. Als ich nachsah, war die Ratte weg. Sie muß in der Wohnung sein, sagte meine Frau, erzählte mir aber, das Vieh habe, als sie die Innentür zuschlug, aufrecht an der Fliegentür gestanden. Ich sagte, es könne nicht hier drin sein, aber sie glaubte mir nicht, und ich selbst war mir auch nicht so sicher. Die Ratte hatte ein Handtuch angenagt, das wir zum Schutz vor der Kälte unten in die Ritze gesteckt hatten, und im Zwischenraum lagen Fetzen davon herum, was in meinen Augen bewies, daß sie sich nicht durch die Ritze zwängen konnte, jedenfalls wohl nicht, solange wir das Handtuch da liegen ließen. Diese Tiere bringen manches fertig, wenn sie wollen.

Unter normalen Umständen würde ich mir nicht viel daraus machen. Ratten gibt es nun mal, auch in der Stadt; Ratten leben in Kellern und auf Dachböden, und ab und zu tauchen sie bei einem in der Wohnung auf. Jeder konnte sie über unserer Zimmerdecke scharren hören. Ich nehme an, der Regen ging auch ihnen auf die Nerven, denn es kam mir vor, als ob ich viele kleine Füße da oben herumlaufen hörte. Auf der Straße vor unserem Haus hatten wir zwei tote gesehen, von Autos überfahren. Sie waren auf Achse. Ich sah nach, ob sämtliche Zugänge unserer Wohnung zum Dachboden zugenagelt waren. Ich war mir sicher, daß sie nicht von oben auf uns herabfallen würden, und ich bezweifelte, daß die von der Vordertür sich im Haus befand.

Dann entdeckten wir verdächtige Krümel unter dem gußeisernen Heizungsgitter im Wohnzimmer, wo schon vor langer Zeit das Gas abgestellt worden war. Für mich wies das darauf hin, daß eine andere Ratte hereinzukommen versuchte. Aber meine Frau sagte, es sei dieselbe, sie schwor, sie habe sie auch in der Küche gesehen, und sie könne den Kleinen nicht alleinlassen, wenn sie dort kochen oder putzen müsse, sie habe ihn in den Laufstall nebenan gesetzt, aber er habe zu viel geschrien. Ich sagte, gut, ich glaube dir, und schließlich sah ich selbst eine. Im Schrank unter der Spüle. Ich versuchte, sie mit Besen und Plastikeimer zu fangen, aber sie entwischte mir. Damit sie nicht in die anderen Zimmer fliehen konnte, schloß ich die Küchentür, weil ich dachte, sie habe sich unter den Kühlschrank verzogen. Als ich das Ding in die Mitte der Küche zerrte und schräg an eine freie Wand lehnte, schwappte und flog drinnen alles durcheinander; ich kniete mich hin und fegte den klebrigen Staub von der Unterseite. Aber die Ratte hatte sich anscheinend in Luft aufgelöst. Ich kippte den Herd und sah auch darunter nach. Ich räumte sämtliche Bodenschränke aus und leerte die Schubladen. Nichts.

Ich kaufte Gift und streute es in die dunklen Ecken. Ich ging zum Supermarkt, um eine große Falle zu kaufen, entschied mich dann aber für vier kleinere Mausefallen, die ich mit Käse, Erdnußbutter und Apfelstückchen präparierte. Meine Frau war ständig in Sorge, daß unser Kleiner eine entdecken könnte. Es regnete immer noch, das Dach war undicht. Wo es am schlimmsten tropfte, stellten wir Töpfe hin. Ein elektrisches Heizgerät wanderte überallhin mit, wo wir schliefen und aßen und Windeln wechselten. Ich wollte nicht ausziehen und sagte meiner Frau, wir könnten uns eine höhere Miete nicht leisten, sie solle aufhören, davon zu reden.

Als ich die Ratte in der Wand am Kopfende unseres Betts hörte, sagte ich meiner Frau, sie solle zu ihren Eltern fahren, ich müsse das allein machen. Weil das Wetter für die Reise per Flugzeug oder Bus zu unsicher war, kaufte ich ihr eine Zugfahrkarte. Zwei Tage später saß sie im Zug. Auf der Rückfahrt vom Bahnhof konnten die Scheibenwischer das Bild des Kleinen nicht wegwischen: Immer noch sah ich sein schlafendes Gesicht auf dem Zugsitz, wo ich ihn hingelegt hatte. Ich hatte ihm einen Kuß auf den weichen, warmen Kopf gedrückt und meiner Frau Auf Wiedersehen gesagt und auch sie geküßt. Zwei alte Leute neben uns, die in dicke Mäntel gehüllt nah beieinander saßen und uns wehmütig anlächelten, hatten mein Bewußtsein geschärft und die Zeit zu einer Reihe von Schnappschüssen erstarren lassen.

Ich ging durch die Wohnung und sammelte Spielsachen ein. Vorher waren die mir nie aufgefallen. Kaum setzte ich mich hin und dachte, ich hätte sie alle, entdeckte ich schon wieder eines. Ich hob es auf, drückte es und legte es in den Schrank zu den anderen. Als ich dann wirklich alle zusammen hatte, blieb ich wie benommen sitzen. Doch bald vernahm ich Geräusche. Der Regen rauschte schon seit Stunden, und wenn ich mich darauf konzentrierte, übertönte er sogar den dröhnenden Baß von nebenan. Ich hatte den Nachbarn gesagt, wenn ich die Musik noch ein einziges Mal hören würde, könnten sie ihre Stereoanlage vergessen. Aber jetzt verstand ich sie: Die Nachbarn waren auch nur Menschen. So laut war die Musik gar nicht.

Als ich nachts im Schlafzimmer auf dem Rücken lag, ließ ich die Vorhänge offen. Die Straßenlaternen und die Schatten, der von der Stadt erhellte Spiegel gefielen mir. Gerade als ich einschlafen wollte, hörte ich die Ratte. Sie nagte an irgend etwas herum, vielleicht an einem Wandpfosten. Um sie zu fangen, hätte ich die Stelle am liebsten aufgestemmt, aber ich beherrschte mich. Anstatt zu schlafen, lauschte ich ihrem Kratzen und Scharren, und irgendwann glaubte ich deutlich zu hören, daß sie auf ein Regal und von dort unter die Spüle gesprungen war, die sich auf der anderen Seite der Schlafzimmerwand befand. Von der Decke hörte ich Holz runterrieseln. Ich stellte mir vor, daß sie sich einen Ein- und Ausgang zu graben versuchte.

Ich besorgte mir eine große Falle, räumte den Schrank unter der Spüle aus und richtete alles so her, daß die Ratte dort unmöglich herauskommen konnte. Wochen vergingen, und immer wieder hörte ich sie nagen und herumhuschen. Wenn ich mit einem Hammer, den ich neben dem Bett liegen hatte, an die Wand schlug, hörte ich die Ratte wegrennen, und dann war Ruhe. Ich versuchte einzuschlafen, aber wenn ich zu lange darüber nachdachte, wurde ich so wütend, daß ich stundenlang wach lag und schließlich das Schlafzimmer räumte und ins Wohnzimmer zog.

Es regnete immer noch, und stürmisch war es auch. Den Nachbarn mit dem dröhnenden Baß flog ein metallener Mülleimerdeckel durchs Fenster. Der Wind stürmte ins Haus und warf Lampen um, und der Regen, der ihn begleitete, ruinierte die Stereoanlage. Eine Woche später hatten wir Stromausfall, und die ganze Gegend war ohne Musik und Fernsehen und Licht. Es fuhren auch weniger Autos. Beim Prasseln des Regens fand ich eine Schachtel mit fünf geweihten Kerzen und klebte eine davon auf einen Teller. Es regnete und regnete.

Martín, ein Junge aus unserem Haus, fragte, ob er bei mir bleiben könne, bis seine Tante – Eltern hatte er keine – von der Arbeit nach Hause käme. Er war dreizehn, vierzehn Jahre alt. Er erzählte mir, sie hätten keine Kerzen in der Wohnung. Er sagte nicht, daß er Angst hatte, aber wir sprachen über den Wind und den Regen und die Dunkelheit. Anfangs waren wir beide verlegen. Wir saßen am Tisch und sahen das Wachs an der Kerze runtertropfen. Das bißchen Licht war mehr als genug. Ich konnte das Gesicht des Jungen ganz deutlich sehen. Ich sah, wie er als Baby ausgesehen hatte und wie er als Mann aussehen würde. Bei Jungen in seinem Alter ist das nicht schwer. Ich briet ein paar Eier und Toastbrot in der übriggebliebenen Butter, und als er seine Tante hörte, gab ich ihm eine Kerze und Streichhölzer.

Die Dunkelheit und die Stille gefielen mir. Am nächsten Abend gefiel es mir noch mehr. Ich fühlte mich besser. Als der Regen aufhörte, ging ich nach draußen. Nicht weit weg, trügerisch über den Hochhäusern der Innenstadt, zuckten Blitze auf. Das Gewitter machte einen besonders finsteren und bedrohlichen Eindruck. Ausnahmsweise einmal schien die Stadt klein und verletzlich, die Hügel und Straßen unbewohnt. Ich selbst fühlte mich offen und großmütig und setzte mich zu Martín auf die Vordertreppe. Keinem von uns war kalt. Wir hatten uns nicht viel zu sagen, was ungewöhnlich war, da wir doch am Abend zuvor miteinander gesprochen und in der wärmeren Jahreszeit gelegentlich zusammen Football oder Baseball gespielt hatten. Dann begann es wieder zu regnen, und wir gingen rein; ich machte eine Kerze an und briet noch einmal Eier und Toast. Als er auf dem Sofa eingeschlafen war, telefonierte ich mit meiner Frau. Ich sagte, es gehe mir besser, und sie sagte, es sei alles in Ordnung, dem Kleinen gehe es gut. Ich konnte ihn neben dem Telefon hören, er greife danach, sagte sie. Ich sagte, ich werde das schon schaffen. Daß ich weggehen wollte, sagte ich ihr nicht.

Am nächsten Abend, dem dritten ohne Strom, konnte ich wieder einmal nicht einschlafen, und plötzlich wurde mir klar, daß es nicht an der Ratte lag. Ich sprang auf, zündete ein Streichholz an und damit die Kerze. Dann ging ich zum Spülenschrank und öffnete ihn. Ich hielt das schwache Licht hinein, und da sah ich sie, ihre blutige Schnauze von dem Metallbogen eingequetscht. Ihre Augen waren offen, aber kalt, und eine hochgezogene Lippe ließ die scharfen oberen Schneidezähne sehen. Sie war so lang wie meine Hand und hatte struppiges Fell. Ich stellte die Kerze ab und ging eine Zange holen. Als ich zurückkam, flackerte die Kerze. Sie warf winzige Schatten, die um die tote Ratte herumhüpften, und tauchte die Leiche in Blitzlichter wie ein Polizeifotograf. Ich packte die Falle mit der Zange und trug sie zur Mülltonne. Es regnete so heftig, daß ich den Kopf nach links abwandte, weg von der Ratte. Vor der Mülltonne warf ich einen letzten Blick auf das weiche Fleisch, das da aus der Falle hing. Der Regen peitschte nieder, ich wehrte mich nicht dagegen. Ich ließ die Ratte frei und behielt die Falle. Dann ging ich ins Haus zurück und nahm im Dunkeln eine heiße Dusche. Ich zog trockene Sachen an und legte mich bei aufgedrehter Heizung und brennender Kerze ins Bett.

Am nächsten Nachmittag gab es wieder Strom. Martín kam trotzdem rüber und fragte, ob er bei mir fernsehen könne, ihr Gerät sei kaputt. Ich sah mir ein paar Sendungen mit ihm an, dann ging er nach Hause. Es war schön, jemanden in der Wohnung zu haben. Draußen grollte wieder ein Gewitter, jedoch ohne Regen. Und windstill war es auch. Gelegentlich hörte ich oben an der Decke leises Scharren.

Mitten in der Nacht wachte ich auf und war mir absolut sicher, daß unter der Spüle oder eher in der Wand eine Ratte herumkrabbelte, also nahm ich den Hammer und schlug dagegen. Nichts. Aber das überzeugte mich nicht. Ich stieg aus dem Bett, machte Licht in der Küche und baute die Falle noch einmal auf, obwohl ich gehört hatte, daß Ratten benutzte Fallen riechen können und ihnen aus dem Weg gehen.

Noch mehrmals glaubte ich, eine andere zu hören, aber das war bestimmt nur Einbildung. Ich hatte mich an das Alleinsein gewöhnt, und wahrscheinlich wäre es besser gewesen, so weiterzuleben, doch als dann die Sonne durch die Wolken brach, fand ich, daß meine Frau mit dem Kleinen zurückkommen sollte. Auch die

Stadt verfiel wieder in den gewohnten Gang, die Autos und Busse und Hubschrauber, die Sirenen und die neue Stereoanlage der Nachbarn. Ich glaube, ich hätte mich auch daran gewöhnen können, aber einige Wochen später sind sie ausgezogen.

Parkplätze

Der Klempner John Veloz stieg aus seinem Lieferwagen, den er nicht direkt vor seinem Zweifamilienhaus geparkt hatte. Er und seine Frau Maria waren gerade erst eingezogen. Es war nach Feierabend.

Vic Carillo wässerte die Büsche und Blumen vor seinem Zweifamilienhaus. Er und seine Frau Helen wohnten schon seit vielen Jahren hier.

Die vorderen Türen und Fenster der Häuser beider Paare lagen so nah an der Straße, daß der Verkehr genauso zu ihrem Leben zu gehören schien wie ein lauter Fernseher.

»Hallo«, sagte Vic zu John.

»Hallo«, sagte John.

»Willkommen in unserem Viertel.«

»Danke.«

»Ich glaube, es wird Ihnen hier gefallen. Sehr ruhige Gegend.«

»Deswegen haben meine Frau und ich uns hierfür entschieden.«

»Freut uns, daß Sie hier eingezogen sind. Falls Sie was brauchen, sagen Sie einfach Bescheid.«

»Sehr nett von Ihnen«, sagte John dankbar.

Als er an diesem Tag sein Haus betrat, zeigte John sich sehr zufrieden mit der neuen Wohngegend. Er erzählte Maria von dem freundlichen Nachbarn gegenüber und sagte nachdenklich: »Wer weiß, vielleicht kaufe ich hier eines Tages was. Vielleicht können wir es uns irgendwann einmal leisten, für immer hier zu bleiben.« Das stimmte Maria sehr glücklich, und die beiden nahmen sich hoffnungsvoll in die Arme.

Einen Zankapfel entdeckten John und Maria hier im Viertel aber doch, und das waren die Parkplätze. Marias Auto war kein Problem, dafür hatten sie Platz in der Doppelgarage ihres Hauses; aber mit dem Lieferwagen sah die Sache anders aus. Da in den alten, wild in die Gegend gebauten Zwei- und Drei- und Mehrfamilienhäusern, die schwer auf diesen Hügeln von Los Angeles lasteten, viele andere Menschen wohnten, gab es auch viele Autos, und dazu kam noch, daß das Parken nur auf einer Seite der schmalen Straße erlaubt war. Dabei hatte John in gewisser Hinsicht noch Glück, weil er früher als die meisten anderen zur Arbeit fuhr und deswegen auch früher nach Hause kam. Nur gelegentlich mußte er eine oder zwei Straßen weiter parken.

Eines Tages rief Maria ihn nach vorne ans Fenster. »Sieh dir das an«, sagte sie mißtrauisch. »Kaum war das Auto da weg, hat Vic Carillo seins dort hingestellt.«

»Ist doch clever«, sagte John.

»Ist dir klar, daß der Wagen daneben auch ihnen gehört?«

»Nein, wirklich?«

»Das heißt, sie haben zwei auf der Straße und einen in der Garage.«

»Nicht übel.«

»Die stehen bestimmt am Fenster und warten.«

»Wohnen ja auch schon lange hier.«

»Du hast recht«, sagte sie beinahe reumütig.

Die Carillos und Velozes fanden, sie kämen als Nachbarn sehr gut miteinander aus, und entdeckten sogar eine besondere Verwandtschaft, weil sie nämlich alle aus Texas stammten. Sie fanden sich so sympathisch, daß Vic und Helen eines Tages John und Maria zum Abendessen einluden. Und was für ein Essen: das beste Chili aus Terlingua, junge Maiskolben, ein großer Salat aus leuchtend roten Tomaten und reifen Avocadostücken, zolldicke Steaks, gegrillt über getrocknetem Mesquitholz, das Vic nur zu besonderen Anlässen nahm, und zum Nachtisch selbstgebackene Pfirsichtörtchen mit selbstgemachtem Vanilleeis.

»Einfach köstlich!« schwärmte Maria.

»Ich bin ja so froh, daß es Ihnen schmeckt«, sagte Helen.

»Ihr hättet euch für uns nicht in solche Unkosten zu stürzen brauchen«, sagte Maria.

»Nicht der Rede wert«, sagte Vic. »Wir essen gern mal was Gutes.«

Sie waren alle zum Platzen satt.

»Was genau arbeiten Sie eigentlich, Vic?« fragte John über einem Gläschen Kirschlikör, einem Getränk, das er noch nie zuvor gekostet hatte.

»Ich war Elektriker in San Antone. Dann ergab sich

die Gelegenheit, hier eine Vertragsfirma zu übernehmen.«

John fragte nicht nach, dabei brannte er darauf, den Rest zu erfahren.

»Es gefällt uns in Los Angeles«, fuhr Vic fort. »Die Stadt bietet viele Möglichkeiten. Zum Beispiel hätten wir beinahe das Haus gekauft, in dem Sie jetzt wohnen. Ich wünschte, ich wäre damals klüger gewesen. Wir hätten es spottbillig haben können, im Vergleich zu den heutigen Preisen.«

»Aber dieses Haus gehört doch Ihnen?« fragte Maria.

»Es hat meinem Daddy gehört«, erzählte Helen. »Er hat es gekauft, als wir hierher gezogen sind. Für ihn war das eine Investition. Als Vic und ich dann geheiratet haben, hat er es uns zur Hochzeit geschenkt.«

»Wie nett von ihm!« sagte Maria.

»Reicher Spanier«, lachte Vic.

John bezwang seinen Neid. »Und Sie haben viel zu tun?«

»In diesen Zeiten? Ausgeschlossen. Tatsächlich habe ich seit fünf, sechs, vielleicht schon acht Jahren keine Aufträge mehr von meinem Vertragspartner bekommen. Eine Zeitlang habe ich für die Stadt gearbeitet, aber das hat mir nicht gefallen. Was soll's, wir können ganz gut von unserem Vermögen leben. Mir gehört das Haus nebenan und das Haus neben Ihrem auch. Ich sage Ihnen, von Mieteinnahmen zu leben, ist das einzig Wahre.«

Am nächsten Morgen, es war Sonntag, bat Maria ihren Mann, zum Supermarkt zu fahren und Kaffee zu holen, sie hätten keinen mehr. Ohne lange nachzudenken, nahm John den Lieferwagen. Wie es der Zufall wollte, hatte der Wagen auf einem der beiden Parkplätze gestanden, die von den Carillos immer für sich beansprucht wurden, und als John mit dem Kaffee und einer Tüte Rosinenbrötchen, die er in der Bäckerei neben dem Supermarkt gekauft hatte, zurückkam, war sein Platz besetzt, dort stand jetzt der Wagen der Carillos. Und da Wochenende war, gab es in der Nähe keine freien Plätze.

»Ich war nur fünf Minuten weg, höchstens zehn!« schrie John, als er ins Haus kam. »Die führen sich auf, als ob die Parkplätze auch noch ihnen gehören würden!«

»Die beiden wohnen schon lange hier«, sagte Maria vernünftig. »Das ist bloß so eine Angewohnheit. Leute wie wir kommen und gehen, doch sie bleiben immer hier.«

»Es gibt überhaupt keinen Grund dafür«, sagte er ruhiger. »Ich war nur *fünf* Minuten weg. Warum konnte er den Wagen nicht lassen, wo er war? Er kann doch vor seiner Garage parken. Wenn er wollte, könnte er sich dort hinstellen. Er muß mir doch nicht den Platz wegnehmen.«

»Es hätte auch jemand anders kommen und dort parken können. Dann hätte keiner von euch den Platz gehabt. Hast du daran auch gedacht?«

John und Maria bemühten sich zwar, dem Thema aus dem Weg zu gehen, beobachteten von da an aber genauer, wie Vic Carillo ständig seine Autos herummanövrierte, so daß er und Helen die beiden Plätze direkt vor ihrem Haus immer für sich hatten. Wenn sie das neueste Auto, das in der Garage, benutzen wollten, war die Sache einfach, aber wenn sie eins der beiden anderen nehmen wollten, mußte Vic das aus der Garage nach vorne an die Einfahrt bringen und dort mit laufendem Motor stehenlassen, dann eins von den beiden auf der Straße ausparken, das neue an dessen Stelle setzen und schließlich das alte in die Einfahrt stellen, wo vorhin das neue gestanden hatte. Mit besonderem Vergnügen sahen John und Maria zu, wenn Vic den Wagen nahm, der weiter von der Einfahrt geparkt war, denn dazu rangierte er alle drei Wagen so herum, bis der neue in dem Dreieck, das aus den beiden älteren und der Einfahrt gebildet wurde, zu stehen kam, womit sichergestellt war, daß niemand davor parken oder auch nur wenden konnte. Das war schon ein tolles Schauspiel, Vic und Helen kommen und gehen zu sehen, und John und Maria hatten nicht selten was zu kichern.

Unterdessen bestand ihre Freundschaft fort, und John und Maria fühlten sich verpflichtet, Vic und Helen auch einmal zum Essen einzuladen. Maria kochte Pintobohnen mit geschmolzenem Weichkäse und Cheddar und etwas Reis dazu, sie machte Tortillas und eine Salsa aus frisch zerstoßenen Chilis und Tomaten. John brachte zwei Sechserpacks Michelob mit und grillte Carnitas hinterm Haus.

»Ihr beiden eßt ja so wenig«, sorgte sich Maria gegen Ende der Mahlzeit.

»Es schmeckt sehr gut«, versicherte Helen. »Nur, wir essen selten Schweinefleisch, und John verträgt kein Chili mehr.«

»Noch ein Bier?« fragte John Vic.

»Nein, danke. Ich kann nicht mehr. Aber laß dich nicht abhalten.«

John nahm sich noch eins, und dann saßen die vier schweigend im Wohnzimmer.

»Stellt euch vor«, sagte Vic. »Ich nehme einen Job bei den städtischen Schulen an. Konnte nicht widerstehen. Allmählich langweilt es mich, immer nur herumzusitzen.«

»Kann ich verstehen«, sagte John. »Ich bin jetzt seit über einem Monat ohne Arbeit.«

»Das ist bedauerlich.«

»Gehört wohl zu meinem Beruf.«

»Hoffentlich dauert es nicht zu lang«, sagte Helen. »Schade, daß mein Vater nicht mehr lebt. Er kannte immer Leute, die Klempner suchten. Gute Klempner waren ständig Mangelware, als er noch sein Geschäft hatte. Als Vic angefangen hat, konnte er auch kaum welche finden. Gute Klempner sind selten.«

Johns Arbeitslosigkeit zog sich länger hin, und da

Vic jetzt einen Job hatte, mußte er oft einen der beiden Plätze vor seinem Haus freilassen, und dann parkte John dort seinen Lieferwagen. Aus irgendeinem seltsamen Grund machte ihm das Spaß. John genoß es, die Vorhänge aufzuziehen und Vics Auto in der Einfahrt vor der Garage zu sehen. Er genoß die Vorstellung, wie Vic und Helen ihr Leben damit verbrachten, unglücklich, ohne einen ihrer beiden Parkplätze, aus dem Fenster zu starren.

Eines Samstagsmorgens mußten John und Maria den Lieferwagen nehmen, weil an Marias Wagen der Kühler defekt war. John wollte nicht, aber Maria bestand darauf.

»Du bist ja krank!« sagte sie. »Du kannst nichts mehr unternehmen, ohne an diesen Parkplatz zu denken!«

»Wenn hier einer krank ist, dann *er*!«

»Mit dir ist es inzwischen genauso schlimm.«

»Na schön, na schön«, gab er nach. »Aber das ist einfach nicht fair. Ich überlasse ihm den Platz wirklich nicht gern. Wenn ich nur daran denke, wie er gleich aus dem Haus springt und sein Auto da hinstellt!«

»Wir *müssen* den Lieferwagen nehmen, John.«

Nicht lange danach belud John seinen Lieferwagen zum letztenmal mit ihren Habseligkeiten. Sie zogen weg. Johns Beschäftigungsaussichten hatten sich zwar gebessert, und Maria hatte einen Job als Bankkassiererin angenommen, aber sie waren sich einig, daß es ihnen in einer anderen Gegend bessergehen würde.

»Tja«, sagte John zu Vic. »Das war's dann wohl. Vielleicht sehen wir uns mal wieder.«

Vic, der seinen Job gekündigt hatte, stand vor seinem Haus und sprengte die üppigen Büsche und farbenfrohen Blumen, die fast schon bis an seine beiden Autos herangewachsen waren.

»Klar«, sagte Vic. »Wir bleiben in Verbindung.«

Fotos von einem Rolls Royce

Wenn ich nachts auf der Straße vor dem Gebäude stehe, das ich mein Zuhause nenne, kann ich durch ein makellos sauberes Panoramafenster in eine andere Wohnung hineinsehen: Ein Kronleuchter funkelt dort über einem Konzertflügel, und Männer trinken Weißwein aus kristallenen Kelchgläsern. Wenn ich mich umdrehe und in die Wohnungen gegenüber blicke, sehe ich hinter einem ganz anderen Fenster andere Männer unter einer nackten Küchenlampe sitzen: Sie spielen Poker, trinken Bud aus der Dose und hören Radio Trece-La Mejicana. Die leise Mischung aus Pedro Infante und Mozart klingt von meinem Standort aus recht seltsam, aber es ist tatsächlich so, daß die Mercedes und Cadillacs in den Garagen stehen, während die Chevys und Fords aus den Sechzigern und frühen Siebzigern sich am Straßenrand drängen.

Wir leben an der Ostseite des Gebäudekomplexes, und das ist in Ordnung, der Mieter neben uns ist ein nervöser Typ, der irgendwas mit der Branche zu tun hat, soll heißen mit der Filmbranche, und seine Wohnung, bis auf die Einrichtung eine spiegelverkehrte Kopie der unseren, ist mit dem Luxus der Westseite ausgestattet. Wir gehören zur Arbeiterklasse, auch wenn ich seit einiger Zeit arbeitslos bin, eine Folge der aktuellen wirtschaftlichen Situation, aus der ich das

Beste zu machen suche, hat sie doch auch angenehme Seiten – morgens schütte ich immer etwas mehr Wasser in die Kaffeemaschine, um bei einer zusätzlichen Tasse die Sportseiten zu lesen. Ich lese diese Artikel jetzt Wort für Wort, jede Einzelheit über die Lakers, die, nach der Meisterschaft in der letzten Saison, in diesem Jahr schwer zu kämpfen haben, ich lese über die möglichen Einkäufe der Dodgers und die neuen Spieler aus Albuquerque und San Antonio und Garveys neue Mannschaft und Ceys Verbitterung und Fernandos Millionen-Dollar-Wurftechnik. Die neue Football-Liga, die von Frühjahr bis Sommer gespielt wird, interessiert mich zwar ebensowenig wie die Diskussion darüber, ob Larry Bird besser als Magic Johnson sei (ausgeschlossen), aber die Arbeitslosigkeit gibt mir Zeit, auch die Artikel über die Angels zu lesen, aus denen ich mir früher nicht viel gemacht habe. Außerdem studiere ich die »Medien«-Seiten, wo über Filme und Filmstars und Fernsehen berichtet wird, und ich sage Gloria Bescheid, wenn der Fernsehkritiker schreibt, daß heute abend irgendeine gute Sendung laufen wird. Ich lese auch die Rockkritiken, weil ich gern wissen möchte, welche Musik ich hassen soll und warum, und so kommt es, daß ich, obwohl wir niemals ausgehen, das Gefühl habe, über die Musikszene von L. A. immer noch auf dem laufenden zu sein.

Nach der Zeitung und dem Kaffee sehe ich jedesmal aus dem Fenster in Ralphs Fenster gegenüber. Ralph ist der Freund meines ältesten Sohnes David. David ist fast fünf, Ralph ist acht, neun oder zehn – wir wissen es nicht, denn all das hat er uns bereits als sein wahres Alter angegeben. Er und sein älterer Bruder und seine Mutter leben in einer Wohnung auf demselben Hügel wie wir, allerdings in einem neueren Gebäude mit glatt verputzten Innen- und Außenwänden, während unseres innen und außen mit jenem groben Strukturputz beworfen ist, wie er in Zeiten verwendet wurde, als die Fertigbauweise noch nicht so weit fortgeschritten war. Im Eßbereich haben beide Wohnungen jeweils ein außergewöhnlich großes Fenster, und diese beiden Fenster liegen einander gegenüber, und da die großen Vorhänge auf beiden Seiten tagsüber gewöhnlich offen sind und wir oft zur gleichen Zeit an unseren jeweiligen Tischen essen, haben wir einander aus der Ferne kennengelernt. Ralph und sein Bruder winken oft zu uns herüber, und David winkt zurück. Manchmal stehen sie auf den Dachterrassen vor den Fenstern und rufen sich über das Gelände dazwischen etwas zu – ein mit Efeu bewachsener Hügel, der die beiden fünf bis sechs Meter hoch gelegenen, alten Terrassen nicht gerade zu einem sicheren Spielplatz für Kinder macht. Am Fuß des Hügels, wo der Efeu aufhört, steht ein häßliches kleines Gebäude, von dessen mit grüner Teerpappe gedecktem Dach wir beide eine Ecke sehen können, und durch das rechtwinklige Dreieck aus versmogter Luft über dem mit Efeu bewachsenen Gelände und dann durch diese Glasfenster hindurch sehen wir einander beim Leben zu. Die Entfernung ist groß genug, Erwachsene davon abzuhalten, einander durch Worte und Gespräche kennenzulernen.

Ralph und David aber sind trotz des Altersunterschieds Freunde geworden. Warum, wissen wir nicht, und wir fragen auch nicht mehr danach. Ralph ist ein guterzogener Junge und spielt gern mit David. Außerdem besitzt David viele Spielsachen und Ralph nicht. Auch wenn ich gelegentlich Arbeit habe, sind wir nicht reich, das sind wir nie gewesen, aber Ralph ist richtig arm. Seine Mutter fährt mit dem Bus zu ihrem Ganztagsjob bei Burger King in der City, sein Vater ist immer noch in Nicaragua. Sein älterer Bruder ist vierzehn, ein Dodgers-Fan, der schon zweimal mit Pedro Guerrero gesprochen hat, als er ihn zufällig auf der Straße irgendwo hier in der Gegend traf, wo er sich nach der Schule meistens herumtreibt. Ralph ist oft allein, und da es mir als Kind genauso ging, ließen wir ihn, als er anfing, nach der Schule oder früher, wenn er mal wieder schwänzte, täglich bei uns vorbeizukommen, in unsere Wohnung, und dann spielten die Jungen bis eine Stunde nach Sonnenuntergang oder länger, wenn in seiner Wohnung immer noch kein Licht brannte, bis ihn schließlich sein Bruder abholen kam.

Ralph und mein Sohn kamen so gut miteinander aus, daß Ralph sich bei uns wie zu Hause fühlte; oft aß er auch bei uns, oder wir nahmen ihn auf kleine Ausflüge mit – nachdem er seine Mutter vorher telefonisch um Erlaubnis gebeten hatte –: in den Zoo, zum Hollywood Boulevard, zu einem nostalgischen Fest in der Olvera Street, in den Griffith Park. Er hat Besorgungen für uns gemacht, und wenn Gloria einkaufen ging, hat er ihr die Sachen getragen. Zu Weihnachten haben wir ihm einen kleinen Football mit dem Logo der L. A. Raiders geschenkt. Einer kostet zwei Dollar, zwei bekommt man für drei. Den anderen hat David bekommen. Wahrscheinlich war es das einzige Geschenk, das Ralph – außer dem winzigen Plastik-E. T. von seiner Mutter – jemals bekommen hat. Als er sich das Päckchen unter unserem Weihnachtsbaum nehmen durfte, war er nicht bloß überrascht, sondern äußerte seine große Dankbarkeit mit Ausdrücken, wie man sie nur auf den kitschigsten Grußpostkarten finden kann. Ich hatte überlegt, mit ihm ins Kino zu gehen, in den Film *E. T.*, den er noch nicht gesehen hatte, aber wir hatten ihn alle schon gesehen, und von dem Eintrittsgeld kann man eine Menge zu essen kaufen. Ich wollte aber trotzdem irgendwann mit ihm hingehen und nahm es mir fest vor.

*

Wir reden immer vom Ausgehen, aber keiner von uns sehnt sich nach den Zeiten vor der Hochzeit und vor den Kindern zurück, als wir bloß ein Pärchen waren und oft in Nachtclubs rumhingen, wo wir uns auch kennengelernt hatten. Wir verstanden uns so gut, weil wir den gleichen Geschmack hatten, was Rock'n'Roll, Restaurants und Filme betraf. Später waren wir uns einig, daß wir nur hierhergekommen waren, um uns zu begegnen, daß Los Angeles kalt und verlogen gewesen war, bis es zum L. A. aus Licht und Tanz und Sonnenschein wurde. Wir gingen miteinander ins Bett, waren aber nicht von hier – dann kam David auf die Welt, und wir heirateten.

David war zwei, als wir hierherzogen. Wir wollten eigentlich nach New Mexico, wo Glorias Eltern leben, doch dafür reichte das Geld einfach nicht, und als wir früher hier in der Gegend gelebt hatten, war es mir nicht schlecht gegangen. Ich dachte, wir dachten, das hier wäre das beste für uns.

Wie gesagt, seit wir hier wohnen, sind wir nicht mehr ausgegangen. Jedenfalls nicht wir beide allein. Babysitter sind kaum zu finden. Wir sind dreimal umgezogen und kennen nur wenig Leute, besonders nicht solche, die verheiratet sind und Kinder haben. Wenn Gloria zum Arzt mußte, hat schon mal ein Mädchen aus unserer Straße nach der Schule auf den Kleinen aufgepaßt, aber abends geht das nicht. Die Nachbarn fragen wir nur ungern, weil wir sie nicht so gut kennen. Und unser Jüngster ist erst sechs Monate alt, und wer würde ein so kleines Kind auch nur für wenige Stunden von jemandem hüten lassen, der nicht zur Familie gehört?

Aber dann unternahmen wir schließlich doch einen Versuch, nachdem ich eines Morgens auf der Rock-Seite der Zeitung einen begeisterten Artikel über den Club Lingerie gelesen hatte, wo samstags abends immer die besten Bands von East L. A. auftraten. Die *East Side Review*, hieß es da, präsentiere die tollste Musik von L. A., sowohl aktuelle Bands wie *Los Lobos* als auch ältere wie *Cannibal and the Headhunters*. Da wollte ich hin, und Gloria wollte mit. Wir überlegten alles mögliche – zum Beispiel, ob wir die Mutter dieses Mädchens fragen sollten, oder die Nachbarin, die kürzlich nach vielen Schwierigkeiten mit der Einwanderungsbehörde aus Mexiko hierhergekommen war und ein paar Dollar zusätzlich bestimmt brauchen konnte. Als wir dann auf Ralphs Mutter kamen, ging es nur noch darum, wie viele Stunden sie bleiben sollte.

Gloria war, das sollte ich dazusagen, nicht so zuversichtlich wie ich, daß sie zustimmen würde. Ralphs Mutter war offensichtlich ein heikler Fall. Sie trank gern, und ein paarmal hatten wir beobachtet, wie sie in ihrer Wohnung und später auf der Dachterrasse mit einem Bekannten zu lauter Rumbamusik tanzte. Sie ist vollschlank und groß, eine stämmige und kräftig wirkende Frau, und wie Ralph ein dunkler, sehr dunkler Typ. Die Haare hat sie, anscheinend zum Spaß, rot getönt. Andererseits ist sie schüchtern, und die beiden Male, als sie Ralph bei uns abholen kam, blieb sie weit vor unserer Tür stehen und klopfte auch nicht, als sie einmal zu war. Sie rief nur seinen Namen, und zwar nicht allzu laut, ohne jede Wut, eher demütig oder sachlich. Damals, als Gloria mit ihr und Ralph und David eine Weihnachtsaufführung in der Schule besuchte – Ralph machte da mit und bat mehrmals, daß wir alle hinkommen sollten, bitte. Ich sagte, nein danke, aber Gloria fand die Einladung zu niedlich, sie konnte ihm das nicht ausschlagen – sie erzählte mir später, sie hätten kaum miteinander gesprochen, offenbar wolle Ralphs Mutter nicht von sich und nicht einmal von ihrer Heimat reden. Verkrampft und wortkarg hätten sie sich bloß ein wenig über Glorias New Mexico unterhalten und davon geredet, daß es ihnen beiden in Los Angeles gefalle, und wie gut Rafael – der Name Ralph war Ralphs Idee – zurechtkomme und wie schnell er Englisch lerne, was ihr, meinte sie, wahrscheinlich nie gelingen würde. Wir hatten gedacht, das sei der Grund für ihre Schüchternheit gewesen, daß wir im Gegensatz zu unseren Eltern zu Hause Englisch sprechen, aber nach diesem Abend mit ihr kam Gloria zu dem Schluß, es müsse an etwas anderem liegen, konnte sich aber nicht denken, was das sein mochte. Durch Ralph ließen wir ihr einige Fotos zukommen, die Gloria bei der Weihnachtsaufführung gemacht hatte. Als Ralph später durchblicken ließ, die Bilder seien, so seine Worte, nicht hell genug, dachten wir, aha, so eine ist das also.

Trotzdem war sie als Babysitter eindeutig die erste

Wahl, aber wir wollten beide, daß sie es nur machte, wenn sie wirklich nichts dagegen hatte, wenn es sie wirklich nicht störte. Gloria ging rüber, sie wollte sie fragen, nicht bitten, und es ihr leicht machen, nein zu sagen. Wenn sie akzeptierte, mußte ihr erklärt werden, daß wir sie dafür bezahlen würden. Wo sie die Kinder hüten wollte, sollte sie selbst entscheiden.

Daß sie ja sagte, überraschte mich nicht, trotzdem hätte ich jubeln können. Daß sie erst kurz nach sieben kommen konnte, spielte keine Rolle – wir fanden, von da an bis Mitternacht sei ziemlich optimal und genug. Und Gloria sagte, die Frau schien aufrichtig bereit, durchaus nicht unwillig. Sie habe sogar gesagt, an diesem Samstag sei es für sie besonders günstig, weil sie nicht tanzen gehen wolle. Und sie würde mit Ralph in unserer Wohnung bleiben, dann hätte David auch etwas davon. Und dann zogen wir erst einmal los – Wo sollten wir essen? Und was? Gott, wir würden tatsächlich einmal ausgehen – und parkten unseren Chevy Nova am Sunset Boulevard, zwischen dem Berwin Music Complex und dem Maxim, wo ein roter Teppich vom Eingang des Restaurants über den Bürgersteig bis zur Bordsteinkante führt, an der die Gäste aussteigen und ihren Wagen von den Hausdienern einparken lassen. Wir stiegen aus unserem Auto, um uns im Vorverkauf Karten zu besorgen. Ich hatte sogar meine Kamera mitgebracht – der Tag schien mir bedeutsam genug – und bat Gloria, neben dem elfenbeinweißen Rolls

Royce zu posieren, vor dem ich geparkt hatte. David setzte sich auf eine Stoßstange, Gloria hielt das Baby im Arm, und hastig und verstohlen, weil ich fürchtete, jemand könnte meinen, daß ich etwas aus dem Wagen klauen wollte, machte ich zwei Aufnahmen. Zum Glück ging es tatsächlich sehr schnell, denn kaum hatte ich das zweite Bild im Kasten, eilte eine schöne Frau in einem rosaweißen Kaschmirkostüm aus dem Haus und in den Rolls, als hätte sie Angst, womöglich von irgendwelchen Fans belästigt zu werden. Stevie Nicks? Kim Carnes? Wir waren aufgeregt und die ersten am Kartenschalter, und in der Bar des leeren Club Lingerie machte ich eine weitere Aufnahme, als sei ich Berufsfotograf.

Am nächsten Tag sagte ich Gloria, sie könne sich, wenn sie wolle, ein paar neue Klamotten kaufen, wir sollten keine Kosten scheuen und uns für diesen Abend richtig mal was gönnen. Irgendwie, ich weiß nicht warum, hatte ich das Gefühl, es könnte unser letzter sein. Sie wollte nicht, und ich drang nicht weiter in sie. Wir planten alles ganz genau, damit auch wirklich nichts schiefgehen konnte. Gloria lernte noch schnell, wie man sich mit so einer Pumpe Milch aus den Brüsten zapft, und arbeitete stundenlang, bis sie eine große Flasche voll hatte. Sie badete das Baby und David, dann ging sie zum Waschsalon und machte die Wäsche. Sie bügelte ihre beste Hose und eine Bluse und brachte ihre modischen Stiefel auf Hochglanz. Sie wusch und legte sich die Haare, während ich im Haus saubermachte, staubsaugte, den Müll rausstellte, Geschirr spülte und die Spielsachen der Kinder wegräumte. Das machte beinahe richtig Spaß.

Ich machte mir Gedanken, wieviel wir Ralphs Mutter zahlen sollten. Der übliche Preis für fünf Stunden waren sieben bis acht Dollar; zehn war schon recht ordentlich. Ich aber war der Auffassung, auch drei Dollar die Stunde lägen noch unter dem Mindestlohn. Würde es sie kränken, wenn wir ihr das Übliche zahlten, uns für gönnerhaft halten, wenn wir ihr zuviel gaben? Sie würde in unserer Wohnung sein, und da stehen Möbel drin. Sie hatte kaum welche, wie Gloria mir erzählt hat. Was würde sie von diesen Pochos denken, die abends auswärts essen und Nachtclubs besuchen, während sie, die älter ist als wir und für ihre Arbeit wie ein Teenager bezahlt wird, unsere Kinder hütet und all das Spielzeug sieht, das sie ihren nicht bieten kann? Ich fragte Gloria, beschloß aber trotz ihrer Einwände, Ralphs Mutter, wenn wir gingen, fünfzehn Dollar zu geben; mir war es lieber, sie hielt mich für einen Verschwender, wie korrekt oder dumm das auch aussehen mochte.

Als ich, damit alle was von dem Abend hätten, Bier und Limo und Kartoffelchips kaufen ging, traf ich Roberto, mit dem ich ungefähr ein Jahr zuvor einmal zusammen gearbeitet hatte. Roberto stammt aus Salvador, ist zehn Jahre älter als ich, sehr religiös und trinkt gern Bier, deshalb kaufte ich noch ein Sechserpack Bud zusätzlich. Er hatte an seinem Auto gebastelt und trank schon eins, und wir setzten uns neben den Wagen auf die Bordsteinkante und tauschten Neuigkeiten aus. Auch er hatte zur Zeit keine Arbeit, bekam aber keinerlei Unterstützung. Seine Stimmung war ganz anders als meine. Irgendwo in der Nähe lief im Fernsehen die Übertragung eines Basketballspiels, die 76ers gegen die Celtics, und dem hörte ich zu, bis mir, als ich mein drittes Bier aufriß, plötzlich klarwurde, wieviel er gequasselt hatte und wie wenig ich selbst. Stimmt, wir haben nicht grade rosige Zeiten, sagte ich, ziemlich ungeschickt in solchen Dingen. Er redete immer noch, erzählte mir, wie er hierhergekommen war, wie schwer es ihm gefallen war, die Heimat zu verlassen, erzählte, daß man seinen Bruder und dessen Familie umgebracht habe und nun hinter ihm her sei. Die Mierdas seien überall, auf beiden Seiten gebe es diese Typen, Arschlöcher, die für jede gute und schlechte Sache auf der Welt Morde begingen. Es gibt kein Fleisch ohne Blut, sagte er, aber warum das Blut von Kindern?

Nun, ich hörte so etwas nicht zum erstenmal von ihm, und früher hatte ich mich mit ihm ereifert, aber diesmal tat es weh. Ich hatte ein schlechtes Gewissen, weil ich dem Spiel zugehört hatte, weil ich arbeitslos auf dem Bordstein saß und Bier trank. Ich habe immer gearbeitet, wenn ich konnte, wenn es etwas gab. Ich bin nicht gerne arbeitslos, und ich habe mir nicht ausgesucht, wo ich geboren wurde. Jedenfalls erzählte ich ihm, daß Gloria und ich nachher am Abend ausgehen würden. Fühlte mich wie ein richtiger Amerikaner dabei. Das sollte aufrichtig klingen, so, als stünde mir das zu, als sei ich entschlossen, so zu leben, wie man es mir beigebracht hatte.

Meine Stimmung hatte sich, als ich nach Hause kam, leicht geändert, doch angesichts von Glorias stiller Zufriedenheit ließ ich mir nichts anmerken. Sie fertigte gerade eine Liste für Ralphs Mutter an – wo die Windeln waren, Milch und Wasser für das Baby, das Essen, die Spielsachen, Namen und Telefonnummern der Lokale, die wir besuchen würden, daß David ins Bett gehen konnte, wann er wollte. Ich ging in unser Schlafzimmer und sah mich um. Ich wollte einiges wegräumen, denn Ralphs Mutter würde sich bestimmt das ganze Haus ansehen. Jeder würde das. Etwas Bargeld, das in der oberen Schublade lag, verbarg ich in der untersten unter der Wäsche, nicht, weil ich ihr nicht traute, sondern bloß, weil ich niemandem traue. Ich weiß auch nicht. Ich nahm unsere »El Salvador Libre«-Fahne von der Wand – kurz nachdem ich Roberto kennengelernt hatte, hatten wir an so einer Demonstration im MacArthur Park teilgenommen – und schob sie unter die Wäsche über das Geld. Ich wollte in meinem Haus keinen ideologischen Streit mit jemandem, den ich nicht kenne, mit dem ich noch nie gesprochen habe, und Ralph hatte mir einmal erzählt, sein Vater säße in Nicaragua im Gefängnis, er sei Leibwächter des Präsidenten in Managua. Ralph hat uns viele widersprüchliche Dinge erzählt, eine Zeitlang zum Beispiel hat er behauptet, sein Vater wohne bei ihm zu Hause. Falls der Mann seiner Mutter wirklich für Somoza tätig gewesen war – freilich hatte sie jetzt, wie wir wußten, ihre Freunde hier –, glaubte ich dafür sorgen zu müssen, daß die Frau, die an diesem Abend unsere Kinder hüten sollte, nicht gegen uns aufgebracht wurde.

Um halb sieben waren wir fertig. Alle waren angezogen, David freute sich, daß Ralph rüberkommen sollte. Ich zählte die Dollars in meiner Jeans, vergewisserte mich, daß ich die Eintrittskarten in der Tasche hatte, und sagte, wie gesagt, die Show fange um halb neun an. Wir rechneten damit, um halb zwölf wieder nach Hause zu kommen. Um die Zeit totzuschlagen, machte ich den Fernseher an; gegen sieben zog ich die Vorhänge auf, um das Licht in Ralphs Wohnung beobachten zu können. Ich fragte Gloria mehrere Male, was genau Ralphs Mutter gesagt hatte: ob sie um sieben Uhr Feierabend habe oder ob sie um sieben nach Hause komme. Wir sahen die Nachrichten, die sinnigerweise von Unruhen in einigen mittelamerikanischen Staaten berichteten und die Frage stellten, wie sich das auf die Vereinigten Staaten auswirken könnte.

Um halb acht beschloß ich, irgendwo etwas zum Essen zu besorgen. Wichtig war nur, daß wir das Konzert hörten und ein bißchen dabei tranken, daß Gloria mal für ein paar Stunden von dem Baby wegkam. Ich merkte, daß ihre Laune allmählich sank, und bestand darauf, daß sie dem Kleinen nicht die Milch aus der Flasche gab, nur um festzustellen, ob er das überhaupt mochte. Ich fuhr zu dem neuen Restaurant gegenüber dem Lebensmittelladen. Während ich auf das Essen wartete, trank ich ein Bier und aß die heißen Chips, die der Inhaber mir hingestellt hatte. Ich überlegte, ob ich allein zu dem Konzert fahren sollte. Es machte mich wütend, daß wir so auf eine Fremde angewiesen waren, daß wir nicht so viele Freunde und Bekannte hatten wie die Leute in den Fernsehserien und keine große Familie wie in der Heimat. Auch an meine Arbeitslosigkeit mußte ich denken.

Als ich zurückkam, sah ich schon vom Auto aus, daß in Ralphs Wohnung immer noch kein Licht war. Es war acht Uhr. Beim Essen machte Gloria den Vorschlag, ich sollte die Karten verkaufen. Ich sagte, wir sollten alle zusammen fahren. Sie sagte, sie wolle noch warten. Ich wartete mit.

*

Ich glaube, es war ziemlich unklug und geradezu dumm von mir, die Karten nicht zu verkaufen. Geld ist Geld. Trotzdem, immerhin haben uns die Vorbereitungen für diesen Abend ein wenig Freude bereitet. Unser Alltag wurde dadurch interessanter, und ich hatte zwei gute Fotos von Gloria und meinen Söhnen neben einem Rolls Royce gemacht. Das andere war nichts geworden.

Gegen zehn kam Ralph bei uns vorbei, er suchte seine Mutter und schien überrascht, daß sie nicht bei uns war. Wir wußten auch nicht, was das Ganze eigentlich sollte, und nahmen uns vor, keine Erklärung zu verlangen und einfach abzuwarten, bis sie von selbst käme. Aber bis heute, Monate danach, ist niemand gekommen.

Eine Zeitlang gab es einige Veränderungen. Ralph kam nicht mehr, und die Vorhänge in seiner Wohnung blieben wochenlang geschlossen. Wir fragten uns, ob wir auf Ralphs Mutter wütend sein sollten oder nicht. Eigentlich nicht – wir kennen sie ja kaum –, aber Gloria meint immer noch, sie hätte es besser wissen sollen. In der ersten Woche erwartete ich noch, daß sie käme, um sich zu entschuldigen, oder wenigstens Ralph mit einer Entschuldigung schicken würde. Einmal fuhr ich Ralph wütend an, als wir ihn beim Spielen mit Freunden auf der Straße trafen. Er ignorierte uns einfach, und da fragte ich ihn, ob er nicht mal Hallo oder so was sagen könne. Am nächsten Tag kam er zu uns, was wir anfangs mit gemischten Gefühlen betrachteten. Aber nicht lange. Schließlich sind Ralph und David kleine Kinder.

Ralph kommt allerdings nicht mehr so oft wie

früher, und wenn er kommt, ist es manchmal reichlich spät; dann schicken wir ihn nach Hause, und da ihn das zu kränken scheint, fragen wir uns, ob er womöglich denkt, wir ließen unsere Wut über seine Mutter an ihm aus. Das tun wir nicht. Es ist nur so, daß er nicht mehr wie früher bei uns abgeholt wird.

Die Fahne hänge ich wieder auf. Von jetzt an lasse ich sie wo sie ist, bis ich sie irgendwann nicht mehr sehen will. Man weiß ja sowieso nicht, was die Leute denken, und ich habe gelernt, daß es keinen Zweck hat, etwas zu verbergen, was man für richtig hält. Außerdem fange ich morgen an zu arbeiten, hoffentlich ist es was Dauerhaftes. Heute habe ich etwas mehr Kaffee gemacht und Schokolade darin geschmolzen. Ich habe das Gefühl, die Lakers sind besser als die 76ers, und die Dodgers werden es auch ohne Cey und Garvey schaffen. Solchen Gedanken hänge ich lieber nach, wenn ich durch diesen Keil blicke, den die Luft von L. A. zwischen uns und Ralph und die Wohnung seiner Mutter schiebt.

Sieg auf der ganzen Linie

Ray Muñoz saß in seinem Büro auf einem Drehstuhl und blickte durch ein Fenster auf seine Baustelle hinaus. Er war einige Tage ohne Angabe von Gründen nicht zur Arbeit erschienen, und jetzt mußte gleich der Chef der Baufirma auftauchen. Man würde eine Erklärung von ihm erwarten. Nur einer der Poliere hatte sein Fehlen heute morgen erwähnt und verlegen grinsend gefragt, ob Ray einen über den Durst getrunken habe oder was.

Die meisten Männer hockten zu zweit oder in kleinen Gruppen beim Kaffeewagen neben dem Tor, mit Styroporbechern und Butterbroten und Burritos in den Händen, und der davon aufsteigende Dampf verlor sich rasch unter dem wolkenverhangenen Himmel. Zwei von ihnen konnte Ray vor seinem Fenster hören, sie redeten über die Reste, die sie noch von Thanksgiving übrig hatten, über Weihnachten, über die Sexszenen in dem Film gestern abend und über das, was sie heute wohl auf der Baustelle zu tun bekommen würden. Sie saßen auf einem Stapel großer, bereits zugeschnittener Sperrholzplatten und warteten, daß der Polier sie an die Arbeit schickte. Als es soweit war, beobachtete Ray, auf seinem Drehstuhl schaukelnd, wie der wacklige Aufzug an seinen Trossen zu den Stockwerken achtzehn und neunzehn schwebte, wo die meisten Männer ausstiegen, und dann weiter bis zum Dach, wo er klickend anhielt und zwei Arbeiter sich daran machten, einige leere Sauerstoff- und Acetylenflaschen einzuladen. Als sie fertig waren, zog der Aufzugführer die Kabinentür zu, das Gegengewicht schwebte aufwärts, und der Lift sank den unten wartenden Nachzüglern entgegen.

Ray überlegte, wie er noch vor wenigen Jahren daran geglaubt hatte, er werde bis zur Rente bloß ein kleiner Arbeiter bleiben. Von einem Stuhl und einer Sekretärin hatte er nie geträumt. Als Bauarbeiter hatte er solche Schwielen an den Händen, daß die Werkzeuge sich anfühlten, als ob sie Rillen hätten, seine Hände hielten so viele Nägel und Hämmer so viele Stunden lang, daß sie auch nach Feierabend wie Fäuste geballt blieben. Aber sie brachten ihm Geld zum Leben ein, nicht übermäßig viel, aber genug, daß er sich nicht zu schämen brauchte. Er erinnerte sich, wie seine Frau ihn von dieser Einstellung abgebracht hatte. Er solle, hatte sie gesagt, aufhören so zu tun, als sei er gerade erst über die Grenze gekommen und könne nichts Besseres erreichen, er solle lieber daran denken, wo er geboren sei, und welche Wunder an Möglichkeiten es auf dieser Seite gebe. Mit den Wundern hatte sie recht, das war ihm klar, denn wenn er sie mit seinen immer zerschnittenen und zerschlagenen und von Splittern aufgerissenen Fingern, mit seinen immer von Zement und Rost ausgetrockneten Händen berührte, wenn er mit diesen Händen ihre Haut anfaßte, nahmen sie immer noch die Feinheit dieses so anderen Gewebes wahr. Daß sie sich in ihn verliebt hatte, hätte ihm Grund genug sein müssen, sonntags wieder brav in die Kirche zu gehen. Es gab keine andere Erklärung: Sie hatte am College studiert, ihn trotzdem geheiratet und sich in sein Leben gefügt, in seine miesen Löhne und den Alkohol, in die Mietwohnungen und, als die Kinder kamen, in gemietete Häuser, die sie sonst nie von innen gesehen hätte. Houston war ihre Idee gewesen. Er selbst wäre nie aus El Paso herausgekommen. Aber sie glaubte fest daran, daß es Möglichkeiten gab, und sie war die Klügere. Und bald hatte er ein neues Auto, dann ein neues Haus, und schließlich, nachdem er diesen Job bekommen hatte, ein Sparkonto, mit dem er sie eines Tages überraschen wollte.

Seine Sekretärin sah durch die spaltbreit offene Tür herein. »Ach, Sie sind hier«, sagte sie, als ob er sonst nie da wäre. »Entschuldigen Sie, daß ich zu spät komme. Ich setze gleich den Kaffee auf.« Er sagte kein Wort zu ihr. Seine letzte Sekretärin hatte er vor sechs Monaten gefeuert, offiziell, weil sie nicht gut genug tippte und dauernd telefonierte; der wahre Grund war allerdings der gewesen, daß sie versucht hatte, sich an ihn ranzumachen, und er eine solche Störung seines Lebens nicht hinnehmen wollte. Er hatte seine Jugend bereits hinter sich, er hatte sich zu diesem Leben entschlossen, und Houston, diese neue Welt, war ein glücklicher

Wurf gewesen: Während seine Kindheitsfreunde immer noch in der Nähe der Grenze herumkrebsten, war er zum Bauleiter bei einer größeren Baugesellschaft aufgestiegen. Er hatte eine Glückssträhne, und er wollte sich seine Chancen nicht nehmen lassen.

Er hätte es besser wissen sollen. Im nachhinein war das leicht zu sehen. Seine Frau hatte ihn einmal wegen dieser Sekretärin aufgezogen und ihm von ihren Kolleginnen bei der Regierung erzählt, von ihren Phantasien und ihren handfesten Affären, die sie während ihrer mehr als einstündigen Mittagspausen mit Anwälten, Verwaltungsbeamten und manchmal sogar mit Diplomaten anfingen. Sie erzählte ihm auch von einer Bekannten, die – außer Spanisch – Französisch, Deutsch und etwas Russisch sprach. Er hatte einfach nie einen Verdacht gehegt, wahrscheinlich, weil er so mit seinem neuen Status beschäftigt war. Er hatte einfach nie den Verdacht, daß auch sie mit der Zeit gegangen sein könnte.

*

Vor dem Anruf hatte Sylvia Molina methodisch gepackt und alle Kleider, die sie und ihr Mann und ihr jüngster Sohn brauchen könnten, ordentlich gefaltet und in die Koffer gelegt. Sie hatte an die Dinge denken müssen, die sie in ihrer Jugend gelernt hatte, denn das hier gehörte gewiß nicht dazu. Ferien waren Zeiten, in denen ihr Vater morgens länger schlief und nachmittags ein Nickerchen hielt und sich dazu entweder, wenn es ein Geschenk seines Arbeitgebers war, zufrieden oder, wenn er mal wieder keine Arbeit hatte, besorgt äußerte. Verreist waren sie nur einmal, erinnerte sie sich, nach Durango, als ihre Großmutter mütterlicherseits gestorben war. Die Eltern ihres Vaters stammten von hier und wohnten bei ihnen.

»Hast du's bald geschafft?« fragte ihr Mann.

»Mhm.«

»Und Jimmy...«

»Ist schon bei Peter.« Sie sagte das mit fester Stimme, es überraschte sie selbst.

»Alles in Ordnung?«

Sie konnte die Weihnachtsmusik des Kaufhauses im Hintergrund hören. Nur die Melodie, keinen Gesang. »Ich bin ein bißchen nervös. Weiß auch nicht warum.«

»Wir werden ein paar schöne Tage haben. Also, in einer Stunde bin ich zu Hause, vielleicht in zwei. Ich muß jetzt los.«

Sylvia legte schuldbewußt den Hörer auf. Verstandesmäßig wußte sie, die Reise würde ihnen guttun. Ein Wochenende in Las Vegas, bevor ihr Mann wegen der Feiertage und der anschließenden Inventur nicht mehr wegkonnte. Sie würden sich eine Show ansehen, spielen, etwas trinken und in Restaurants essen. Sie waren beide noch nie dort gewesen. Und sie war es, die etwas Aufregendes hatte unternehmen wollen.

Dieser Ausdruck, etwas Aufregendes erleben, war eine Erfindung ihrer Generation, glaubte sie. Ihre Mutter hatte nie so etwas erwähnt. Wer bei ihnen zu Hause allenfalls einen Eindruck davon vermittelte, war ihr Nachbar, Mr. Rodriguez, der häufig mitten in der Nacht betrunken nach Hause kam und manchmal, anstatt in seinem Auto zu schlafen, durch die verschlossene Tür ins Haus zu gelangen versuchte. Was Mrs. Rodriguez veranlaßte, ihm und der Nachbarschaft lautstark von Huren und Teufeln, Krankheiten und Läusen zu predigen. Dann gab es noch Rudy Rodriguez, ihren ältesten Sohn, dessentwegen mehr als einmal Polizeiwagen in ihrer Straße auftauchten, und Mike, den zweitältesten, der so erfolgreich im Footballteam der UT-Austin spielte, daß er sogar versuchte, Profi zu werden. Auch ihre Schwestern, erinnerte sie sich, waren anscheinend nicht darauf aus gewesen, mal etwas Aufregendes zu erleben. Die ältere hatte mit zwanzig geheiratet und betrachtete eine große Hochzeitsfeier und ihr erstes Kind als das Wichtigste in ihrem Leben. Sie wollte nie aus El Paso weg, nicht mal für einen Ausflug. Ihre andere Schwester ging aufs College, um danach zu heiraten, endete aber als Lehrerin und war, soweit sie wußte, immer noch Jungfrau.

Sylvia selbst hatte sich, als sie die Gelegenheit bekam, für Sicherheit entschieden. Ihr Mann war nicht der Freund, mit dem sie früher ausgegangen war.

Aber er wollte sie heiraten und hatte ein abgeschlossenes Collegestudium und einen guten zukunftsträchtigen Job, und so lebte sie heute auch. Jetzt war er bereits Abteilungsleiter eines größeren Kaufhauses in Huntington Beach, sie zahlten die Raten für ihr Vierzimmerhaus in einer ziemlich neuen Siedlung nur eine Meile vom Strand entfernt, in ihrer gepflegten Straße gab es keinerlei Rassen- und Religionsprobleme, und die bedrückende Arbeitslosigkeit und die schlechten Zeiten, von denen sie aus dem Farbfernseher erfuhr, schienen ihr so weit weg wie Mexiko. Sie waren durchaus keine reichen Leute, konnten aber alle Rechnungen pünktlich begleichen, und zum Geburtstag hatte sie von ihrem Mann einen Mikrowellenherd bekommen, den sie sich niemals gewünscht hatte.

An den Jungen, den sie nicht geheiratet hatte, dachte sie nur selten. Damals besuchte sie noch die High School, die er schon nach zwei Jahren abgebrochen hatte. Wenn er kein Geld hatte, wohnte er irgendwo, wo man ihn nicht rauswarf, manchmal auch im Gefängnis. Er sagte ihr, er liebe sie, aber wahrscheinlich hätte sie ihn auch gelassen, wenn er das nicht gesagt hätte. Das war an diesem Winterabend, als ein Hagelsturm ihm das Fenster seines gemieteten Zimmers in der Montana Street einschlug. Nackt stieg er aus dem Bett – seine Augen offenbar das einzige, was sich auf den finsteren Wind einstellen mußte; das

Wasser strömte ihm über die Wangenknochen und den Rücken hinunter –, holte Hammer und Nägel aus seinen Werkzeugtaschen, nahm eine leere Kommodenschublade, zerlegte sie mit der Faust und baute daraus einen Fensterladen. Es war immer noch kalt, aber sie lachten unter seinen Decken, als er sagte, es gäbe keinen Grund zur Beunruhigung, sie hätten ja noch zwei Schubladen, die genauso leer seien.

*

Ray hob das ganze Geld von seinem Konto ab. Zufällig waren es tausend Dollar für jedes ihrer zehn Jahre. Nicht viel für Houstoner Verhältnisse, er aber kam sich, wenn er Besuche in der Heimat machte, wie vergoldet vor, und das war vielleicht erst der Anfang. Er hatte schon öfter mit dem Gedanken gespielt, Grundbesitz zu erwerben – hatte sich ausgemalt, ein Haus am Fluß zu bauen, Bäume zu pflanzen, Vollblüter zu züchten, eine Ranch zu bewirtschaften, ähnlich wie die, auf der sein Vater sein Leben lang gearbeitet hatte –, aber er gab sich keinen Illusionen darüber hin, wie weit er davon noch entfernt war. Was er jetzt damit anfangen sollte, wußte er nicht. Er hatte an einen Swimmingpool gedacht, mußte sich aber immer an die mageren Zeiten der Arbeitslosigkeit zurückerinnern, in denen er sich ein gewisses Polster gewünscht hatte, um die besseren Jobs abwarten zu können. Gute und schlechte Bauarbeiter, auch Bauleiter, kamen und gingen aus den verschiedensten Gründen, und er hatte gelernt, es mit Gleichmut hinzunehmen, wenn ihm am Zahltag ein zusätzlicher Scheck mit dem Stempel »Entlassen« ausgehändigt wurde. Diesmal hätte er den Job vielleicht behalten können, aber weil er mit dem Chef nicht über Frau und Kinder reden wollte, hatte er ihm keinen Grund für sein Fehlen angegeben. Er wußte nicht, wie er so etwas erklären sollte, weil er das nie gelernt hatte und weil ihm nie in den Sinn gekommen war, daß es einmal nötig sein könnte. Entlassungsschecks mußte man hinnehmen. Ganz unberechtigt kamen sie nie.

Er hob das Geld vom Konto ab und löste seine Schecks ein. Die zehntausend wollte er in Hundert-Dollar-Scheinen. Daß er sich leicht verrückt benahm, war ihm selber klar, aber sein Entschluß war so real wie das Geld, das er in der Tasche haben würde, und der Bankdirektor brachte mehrere Stunden damit zu, es ihm zu besorgen, nachdem Ray ihm versichert hatte, er wisse genau, was er tue.

Im Flugzeug trank er nur ein Bier. Er hatte einen Fensterplatz im Nichtraucherbereich, neben ihm saß niemand. Ab und zu schloß er die Augen, schlief aber nicht. Wenn er sie aufschlug, sah er die bebende Tragfläche. Wolken gab es kaum welche zu sehen, und die Erde schien nicht lebendiger als einer seiner Hundert-Dollar-Scheine. Solche Betrachtungen erfüllten ihn irgendwie mit Scham, und er betete um Vergebung für seine so himmelschreiende Undankbarkeit.

*

Noch 175 Meilen bis Las Vegas. Beim Anblick des grünen Straßenschildes wurde Sylvia wesentlich ruhiger. Sie hatte zu oft auf der Karte nachgesehen, und ihrem Mann war das nicht entgangen. Er hatte sie gebeten, sich vom Automobilclub eine neue Karte zu besorgen und die Buchungen vornehmen zu lassen, dafür bezahlten sie schließlich ihre Beiträge. Aber sie hatte das alles allein machen wollen. Das ganze Hin und Her, die gebührenfreien Telefonate wegen der Hotelpreise und Zimmerreservierungen, das Festlegen der simplen Route auf der Landkarte, das alles war für sie zu einer Art Unabhängigkeitserklärung geworden, zu einer trotzigen Kampfansage an ein Leben, das jedem Betrachter als zufrieden und idyllisch erschien. Und sie nahm das sehr ernst. Sie war entschlossen, die Dinge nach ihrem Willen zu lenken, den Strom der Ereignisse zu steuern, ohne sich irgendwelche Ratschläge oder Ermahnungen anzuhören. Sie finanzierte das von »ihrem« Geld, plante feste Beträge für Hotel, Essen, Unterhaltung und Benzin, einen festen Betrag, den ihr Mann verspielen durfte, einen festen Betrag, den sie selbst im Spiel einsetzen wollte. Das alles trug sie in ihrer Buchhaltung als Minus ein, glaubte aber im Fall eines Gewinnes etwas beweisen zu können; das würde etwas zu bedeuten haben, nur was, das wußte sie auch nicht. Sie hoffte auf einen Gewinn und hielt, auch wenn sie es sich nicht anmerken ließ, inbrünstig daran fest.

»Siehst du das Schild?« fragte ihr Mann ihren Sohn. »›Benzin Essen‹. Diese Ölgesellschaften denken auch an alles.«

Der Junge war zappelig. Sylvia sagte, er solle schlafen, wenn er wieder aufwachte, wären sie da; dabei war ihr bewußt, um welchen Preis sie das sagte, denn wenn er jetzt wirklich schlief, würde sie lange mit ihm aufbleiben müssen. Sie hätte ihn ohne weiteres bei seinem älteren Bruder zu Hause lassen können, aber so konnte sie ihn als Vorwand gebrauchen. Wenn er dabei war, würden sie getrennt spielen müssen, schichtweise.

»Ist es nicht großartig, unterwegs zu sein?« sagte ihr Mann. »In so einem großen bequemen Wagen? Wer hätte das gedacht? Vielleicht sehen wir sogar Frank Sinatra!«

Sie lächelte. Nie waren ihr Zweifel gekommen, daß sie mit ihm eine gute Wahl getroffen hatte. Er war ein Durchschnittsmensch im allerbesten Sinne, ein Mann, der montags abends Football sah, der einmal im Monat mit den Kindern in einen Vergnügungspark ging und sie fast jede Woche zum Essen ausführte. Sein Stolz trat zutage, wenn sie ihre Eltern besuchten; und wenn jemand ihn fragte, wo sie wohnten, sagte er: Nicht weit von Carlos Palomino, obwohl sie in Wirklichkeit keine Ahnung hatten, wo der Boxer wohnte, nur, daß es angeblich in derselben Stadt sein sollte. Solche kleinen Übertreibungen entschädigten ihn für sein wenig spektakuläres Dasein und halfen ihm, Kontakt zu alten Freunden zu halten, die noch immer in dem nicht so wohlhabenden Arbeiterviertel lebten, wo er aufgewachsen war. Er war ein guter Mensch, und vor allem: er liebte sie.

»Schön hier«, sagte sie.

Er kicherte. »Na ja.«

»Irgendwie anders. Diese freie Landschaft. Der Himmel sieht aus wie der von El Paso.«

»Ich glaube, ich verstehe dich. Ja, kann sein.«

*

Ray war hier, um an soliden Glücksspielen teilzunehmen, doch statt dessen zog er durch die Casinos und verlor Geld, setzte an den Würfeltischen wahllos auf beliebte Kombinationen wie zwei Fünfer oder zwei Zweier und am Roulettetisch auf einzelne Zahlen und immer wieder auf die Doppelzero. Dazu nahm er jedesmal einen Zwanzig-Dollar-Schein von der letzten Lohnauszahlung, und jedesmal verwandelte ein Geber oder ein Croupier sein grünes Papier in rote Chips, die dann eingezogen und zu perfekten Stapeln aufgeschichtet wurden. Er war so planlos, daß er sogar an den Geldautomaten spielte, und als er dort sechzig Dollar gewann – sein erster Gewinn, seit er hier war –, zockte er so lange weiter, bis die letzte Dollarmünze dabei draufgegangen war. Dann wollte er sich irgendwo hinsetzen und etwas trinken und entschied sich für einen Tisch, an dem man für zehn Dollar beim Stud-Poker einsteigen konnte; dort trank er abwechselnd Whiskey wie zu Hause in Houston und Rum-Cola wie damals in Juárez. Wenn er drei von einer Farbe hatte und die offenen Karten in Vorhand dieselben Bilder zeigten, versuchte er auf einen Flush zu kommen, und egal, ob er mit einem niedrigen Paar den Einsatz erhöhte oder nicht, jedesmal verlor er gegen ein Full House oder einen Flush. Bei einem Spiel, als er die Chance auf einen hohen Straight hatte, hielt er dreimal mit und hoffte auf die letzten beiden Karten, um am Ende gegen drei Neunen zu verlieren. Inzwischen betrunken, spielte er noch sieben Runden, wartete vergeblich auf günstige Karten und verlor weitere dreihundert Dollar. Als er schließlich durch das schwere Portal des Casinos taumelte und vorm Haupteingang unter dem Firmament aus Hundert-Watt-Birnen stehenblieb, als er alte Männer mit jungen Frauen aus Limousinen steigen sah, die glänzten wie zweihundert Watt, und es ihm in den Ohren klang und klimperte und rauschte wie ein Stück aus einem Song, den er auf der Fahrt zur Arbeit im Autoradio gehört hatte, da ging ihm auf, daß er das anders machen mußte, daß er gewinnen konnte.

Er legte sich in seinem Hotelzimmer aufs Bett und hörte dem Fernseher zu, den er seit seiner Ankunft angelassen hatte. Es lief gerade *Lawrence von Arabien*, der Mann, den er jetzt sprechen hörte, war Anthony Quinn. Er fühlte sich nicht mehr betrunken, nur noch sehr einsam und traurig. Er hatte schlimme Tage in seinem leeren Haus verbracht, war dort hin- und hergegangen, hatte Schubladen und Schränke aufgemacht, als ob er dort etwas finden würde, und gewartet, als ob er wüßte, worauf er wartete. Er hatte geweint wie sein Jüngster und sich Tag und Nacht nur ab und zu für ein oder zwei Stunden schlafen gelegt. Er suchte das Gefühl der Einsamkeit, aber morgens flogen Zeitungen über die Bürgersteige und fuhren Autos los und gingen Kinder zur Schule. Nachmittags konnte er am rechten Fenster seines Hauses die Seifenopern des Nachbarn mithören und sah einen Stromableser durch seinen Garten gehen. Abends kamen die Autos zurück, und dann gab es Football, Basketball und Rock'n'Roll. Von Mitternacht bis Morgengrauen surrte eine Digitaluhr. Er lebte in dieser neuen Welt, wo er sich zwar verstecken, aber nicht allein sein konnte. Jetzt war er hier. Er stellte den Fernseher aus und ließ Bilder in dem dunklen Zimmer aufsteigen: Er sah die Holzstufen vor seinem Büro, er sah seine Frau sich neben ihm umziehen, er sah seine Kinder das Flugzeug nach El Paso besteigen, wo sie bleiben sollten, während er und seine Frau ihre Probleme zu lösen versuchten, er sah sich selbst als Kind dort, die ungepflegten Baseballplätze, die ungepflegte Einfahrt, auf der er den Motor seines ersten Autos ausgebaut hatte, die Mädchen, die er so rein geliebt hatte, die Kerzen, die er an Feiertagen angezündet hatte, die dummen Schlägereien, die er gewonnen und verloren hatte, er sah seine Hochzeit und den Wegzug aus El Paso, die Tränen seiner Mutter und den knöchernen Händedruck seines Vaters – das alles war so fern und nichtssagend wie dieser blaue Himmel, wie eine Geschichte für seine Kinder, die nur Englisch sprachen.

Er hörte Stimmen auf dem Flur. Junge Männer überredeten junge Frauen mit reinzukommen. Ihr Dasein entschwand, als sie die Tür schlossen, und das tat ihm gut. Beinahe wäre er schon eingeschlafen, als er ein Geräusch vernahm, das ihm das Herz abdrückte; ängstlich stand er auf und hielt sekundenlang still. Er lehnte sich behutsam mit der Schulter an eine Wand und lauschte der Kirchenmusik im Zimmer nebenan, sie kam aus einem Fernseher oder Radio. Jesus, meine Zuversicht, sang ein Chor mit Orgelbegleitung. Erleichtert ging er zum Bett zurück. Von Überraschungen hatte er fürs erste genug, und flüchtig dachte er, daß er es vielleicht doch etwas übertrieben habe. Er war jetzt sehr erschöpft, meinte sogar, er sollte etwas schlafen, und blieb auf dem Rücken liegen, mitten auf dem riesigen Bett, stand aber im Lauf der Nacht immer wieder auf, trank etwas oder pinkelte und glaubte, im Dunkeln liegend, jederzeit einschlafen zu können.

*

»Wieso fängst du dauernd von El Paso an?« fragte ihr Mann.

»Ich weiß auch nicht«, sagte Sylvia wie eine Diebin.

»Hast du Heimweh? Oder weil bald Weihnachten ist? Wenn du willst, könntest du doch zu Weihnachten hinfahren. Nur ich muß dieses Jahr zu Hause bleiben.«

»Nein.«

»Du mußt nämlich nicht zu Hause bleiben. Du könntest auch die Jungen mitnehmen.«

»Ich will aber nicht da hin. Ich habe gar nicht gemerkt, daß ich so viel davon geredet habe.«

»Du könntest die ganzen Schulferien da bleiben, zwei Wochen lang. Und ich könnte für den einen Tag mit dem Flugzeug dazukommen.«

»Ich will aber nicht. Ehrlich. Las Vegas erinnert mich nur irgendwie daran, das ist alles.«

Ihr Mann ließ sich seufzend aufs Bett fallen. »Du hast auch schon davon gesprochen, bevor wir hier angekommen sind«, erinnerte er sie.

Sylvia widersprach nicht, denn er hatte ja recht. Ihr war das peinlich, sie wollte das Thema wechseln. »Wir können uns Captain und Tennille ansehen«, schlug sie vor.

»Ich verstehe nicht, warum du dich so komisch anstellst. Daß du bei deiner Familie sein willst, ist so mexikanisch wie Kinder kriegen.«

»Wir sollten was essen gehen.«

»Na schön«, gähnte er und streckte sich auf einem

der beiden harten Betten in dem hellen Hotelzimmer aus.

»Ich reserviere den Tisch, den wir im Foyer gesehen haben, und du machst solange ein Nickerchen.«

»Gute Idee«, sagte er und gähnte noch einmal.

Sie nahm ihren Sohn bei der Hand, zog den Schlüssel ab, trat aus der Tür und grüßte die beiden Zimmermädchen, eine Schwarze und eine Asiatin, die zu reden aufhörten, als sie mit dem Jungen fast im Laufschritt an ihnen vorbeihastete.

*

Wenn Ray gewinnen wollte, mußte er zunächst einmal Herr der Lage werden, und dazu nahm er sich als erstes vor, ohne zu trinken und ohne Geld einzusetzen, das Spiel an den Karten- und Würfeltischen zu beobachten. Damit verbrachte er mehrere langweilige Stunden, bis er schließlich, um seine Willenskraft zu prüfen, beim Stud-Poker einstieg. Er setzte sich ein Limit von zwei Stunden. Wenn er völlig aussichtslose Karten bekam, paßte er, und wenn einer der Spieler eine Glückssträhne hatte, stieg er ebenfalls aus, auch wenn sein Blatt halbwegs ausbaufähig schien. Wenn er gute Karten hatte, setzte er maßvoll und erhöhte nur bei den letzten zwei Karten. Als er den Tisch verließ, hatte er vierzig Dollar mehr als vorher.

Später an diesem Abend holte er den Umschlag mit

den zehntausend Dollar aus dem Hotelsafe und ging damit an einen Tisch, an dem man für zweihundert Dollar beim Texas Hold 'Em einsteigen konnte. Ein simples Spiel: Jeder Spieler erhält verdeckt zwei Karten, die er mit fünf nacheinander vom Geber offen in die Mitte des Tisches gelegten Karten kombiniert; bei diesem Spiel kann man viel gewinnen und viel verlieren, und hier ging es selbst für Las Vegas um ausgesprochen hohe Einsätze. Schon reckte eine zweite Reihe von Zuschauern die Hälse über die in der ersten Reihe, die sich an die Absperrung vor den Spielern drängten, vor denen jeweils mindestens tausend Dollar in grünen Chips zu fünfundzwanzig und roten zu fünf Dollar aufgestapelt waren.

Ray setzte sich ans obere Ende des Ovals und zählte fünftausend Dollar ab, die von einer jungen Frau rasch für den Geber in Chips umgetauscht wurden; nur zwei Spieler hatten mehr Chips als er vor sich liegen: ein korpulenter New Yorker mit zerkauter Zigarre und einem Berg von grünen Chips und ein schlitzäugiger Mann aus dem tiefen Süden, der sein Gesicht unter einer Kappe verbarg und über etliche wolkenkratzerhohe Stapel hinwegspähte.

Anfangs spielte Ray zurückhaltend; er wollte erst einmal das Setzverhalten der anderen beobachten und kam schnell dahinter, daß im Grunde nur vier Spieler ernstzunehmen waren – der Mann aus dem Süden, der sich mit hohen Geboten einige Runden sicherte, wobei der New Yorker nur ein einziges Mal mithielt und mit zwei Paaren das eine des ersteren schlug; sodann ein Typ wie aus einem Hollywoodfilm, der zwar ständig mit durchschnittlichen Karten verlor, aber so viele Hundert-Dollar-Scheine in der Tasche hatte, daß ihm das nichts auszumachen schien; und schließlich ein Araber, der niemals seine Karten aufdeckte.

Zwei Stunden später war Ray um rund achthundert Dollar ärmer. Er hatte ein Spiel gewonnen, bei zweien gezahlt, um zu sehen, und dreimal war er ausgestiegen. Er hatte nur am Anfang ein Glas Whiskey getrunken, um seine Nerven zu beruhigen, und das hatte offenbar funktioniert, denn obwohl er hinten lag, fühlte er sich so zuversichtlich, wie er es seit seiner Hochzeit, seit er zum Bauleiter aufgestiegen war, nicht mehr erlebt hatte. So etwas widerfuhr einem im Leben nur wenige Male, aber es war so greifbar wie Dollars in der Tasche: Er gehörte hierher, er war den Besten ebenbürtig, sein heimlicher Status umschwebte ihn wie eine unterwürfige Geliebte. Er wußte, und er war sich sicher, die anderen wußten es auch, daß er hier als Sieger vom Platz gehen würde.

Seine Chance kam etwa eine Stunde später, als er zwei Zehnen bekam, Pik und Karo, und der Geber als erstes eine Herzsieben aufdeckte. Der Hollywoodmensch setzte ungewöhnlich hoch, fünfhundert, und außer Ray blieben nur der Araber und der Südstaatler dabei. Als zweites kam eine Pikzwei; er hielt die nächsten fünfhundert und dann auch die zusätzlichen fünfhundert, mit denen der aus dem Süden die beiden anderen aus dem Rennen warf.

Als der Geber die dritte Karte aufdeckte, eine Kreuzzehn, konterte Ray die nächsten fünfhundert des Südstaatlers mit einem Tausender. Der andere hielt dagegen, aber Ray zog mit und schob seine sämtlichen Chips nach vorn.

»Spielen wir offen weiter«, grinste der Südstaatler, als er mit seinem Gebot an der Reihe war. Die anderen waren erregt, doch niemand rührte sich. Ray wußte nicht so recht, was er jetzt tun sollte.

»Zeigen Sie her, was Sie haben, mein Lieber.«

»Tun Sie das«, riet der New Yorker. »Er will verhandeln.«

Er zeigte seine zwei Zehnen. Der Südstaatler hatte zwei Herzkarten. Drei Zehnen gegen einen möglichen Flush.

»Mein Angebot: zwei zu eins auf den Einsatz«, sagte der Südstaatler.

Ray überlegte gar nicht erst. Er schüttelte selbstbewußt den Kopf.

Herzbube.

»Halbe-halbe«, sagte der Südstaatler, der aufgestanden war, um besser zu sehen.

Wieder schüttelte Ray den Kopf.

Herzzwei.

Der Südstaatler gebärdete sich schamlos zufrieden,

und die Zuschauer atmeten vernehmlich auf, als er seinen Stuhl nach hinten stieß, den Einsatz zusammenstrich und schier verzückt die gewonnenen Chips zu neuen Höhen aufstapelte. Er schwadronierte auf die neben ihm sitzenden Spieler ein und bedachte den Verlierer mit einem unsportlich triumphierenden Blick.

Ray zählte noch einmal viertausend Dollar ab. Er fühlte sich eher angeschlagen als besiegt, er hatte weiche Knie, stand aber noch. Er war eher frustriert als wütend, frustriert nicht wegen des Südstaatlers oder sich selbst, sondern wegen der tieferliegenden Ungerechtigkeit der Dinge. Das durfte einfach nicht sein. Das war nicht fair.

Als die nächste Runde ausgeteilt wurde, überlegte er, ob er nicht gleich aussteigen sollte. Wenn er das täte, könnte er sich weitere Verluste ersparen. In Anbetracht der auch in Houston schlechten Lage auf dem Arbeitsmarkt wäre das sicher das einzig Vernünftige. Am Ende würde er womöglich wieder als Bauarbeiter schuften müssen. Seine Unsicherheit brachte ihn völlig durcheinander, aber dann erblickte er durch den Nebel vor seinen Augen eine Dame auf dem Tisch, die zu der Vier und der Dame auf seiner Hand paßte.

Er hielt mit, desgleichen der Araber, der Filmemacher und auch der Südstaatler, der diese Runde anscheinend nur aus Spaß mitmachte, während er weiter an seinen Chipsstapeln herumbaute. Nachdem der Geber eine Vier und ein As aufgedeckt hatte, erhöhte Ray den Einsatz um fünfhundert auf seine zwei Paare, und die anderen hielten mit.

Der Geber deckte eine weitere Vier auf, und Ray erhöhte noch einmal um fünfhundert. Der Araber stieg aus, der Filmemacher hielt mit, und der Südstaatler erhöhte um weitere fünfhundert.

Als letzte Karte kam ein König. Ray vermutete, daß der Südstaatler mithalten würde, und setzte noch einmal fünfhundert auf sein Full House. Der Filmemacher betrachtete den Einsatz und seine Chancen und warf dann seine Karten hin.

»Die und noch mal fünf«, sagte der Südstaatler gleichgültig.

Ray hielt mit und setzte, ohne zu zögern, den Rest.

»Das will ich sehen, Amigo«, sagte der Südstaatler. »Mal sehen, was Sie zu bieten haben.«

Ray legte seine Dame und die Vier zu der Dame und den zwei Vieren auf dem Tisch.

Der Südstaatler konnte kaum an sich halten. Er ließ einen König und eine Vier sehen, beugte sich vor, strich den Berg von Chips ein und verlangte lautstark nach einigen Tabletts, um sein Geld abtransportieren zu können. Der New Yorker lachte. Die anderen Spieler teilten seine Zufriedenheit nicht, zeigten aber auch kein Mitleid mit dem Verlierer.

Ray ging gleichmütig in sein Hotel zurück, zufrieden nur durch das sichere Bewußtsein, daß er nicht aus

Dummheit verloren hatte, denn die anderen hatten so starke Karten gehabt, daß er auf keine Weise dagegen angekommen wäre. Das konnte er nicht von vielen Niederlagen behaupten. Er hatte gespielt, weil er gewinnen wollte, und ein anderer hatte mehr Glück, und nur Glück, gehabt. So unkompliziert war das keineswegs immer. Seine Frau zum Beispiel hatte ihn wegen eines reicheren Mannes verlassen, in den sie sich verliebt hatte.

Er geriet in eine seltsame Stimmung und wußte nicht so recht, was er jetzt machen sollte. Für einen arbeitenden Menschen war es schon spät, für Las Vegas noch ziemlich früh. Er machte das Licht aus und öffnete ein Fenster: Vor ihm lag windstill und kalt die Wüste, eine Gebirgskette unter dem hochgewölbten Himmel. Er lauschte, hörte aber nur irgendeine Maschine im Hotel und gelegentlich ein Auto. Vielleicht war es besser so, daß er verloren hatte, vielleicht sogar irgendwie gerecht. Das war erfrischend wie die kalte Luft, wie die Winterluft in El Paso.

Ray Muñoz legte sich aufs Bett und schloß die Augen. Er wartete auf irgendeine heftige Empfindung, die ihn erzittern ließ. Statt dessen wurde er im frostigen Schweigen des sterilisierten Hotelzimmers vom Schlaf übermannt.

*

»Ich verstehe nicht, wie die Leute so was machen können«, sagte ihr Mann, als er von seiner Tour durch die Casinos zurückkam. »Das geht alles viel zu schnell und ist viel zu schmerzhaft.«

»Hast du was gewonnen?«

»In gewisser Weise, ja. Ich werde denen kein Geld mehr schenken.«

Sylvia wandte den Blick von ihm ab.

»Ich glaube, da wird manipuliert. Als ich nämlich bei den Geldspielautomaten anfing, habe ich gleich bei den ersten Spielen gewonnen. Immerhin dreißig bis vierzig Dollar. Ich dachte schon, ich hab' den Bogen raus, aber danach war Schluß: kein einziger Gewinn mehr.«

»Sonst hast du nichts gespielt?« fragte sie ärgerlich.

»Doch, ich habe auch beim Blackjack mitgemacht. Das ist schon nicht schlecht hier. Was hier alles abläuft. Neben mir saß einer, der hat in jedem Spiel zwanzig Dollar eingesetzt und lange Zeit gewonnen; als er dann aber zu verlieren anfing, hat er die Einsätze erhöht. So geht das hier, wie gewonnen, so zerronnen. Ich glaube, der Mann war betrunken. Hast du gewußt, daß die Getränke hier alle gratis sind? Jedenfalls, ich kann damit nichts anfangen. Ich glaube, ich kann weder Gewinnen noch Verlieren ertragen, auch wenn es mir Spaß macht, den anderen zuzusehen. Ich bin im ganzen Casino rumgegangen und habe das Geld zusammengezählt, das die Leute so verloren haben. Das war mir lieber, als mein eigenes zu verlieren.«

»Meins«, sagte sie ernst.

»Unseres«, sagte er automatisch. »Ich kann es nicht einfach vergeuden. Höchstens vielleicht, wenn ich das Geld von jemand anderem bekäme und der mir sagen würde, ich *muß* damit spielen.«

»Du hast es von mir«, sagte Sylvia.

»Andererseits bezweifle ich, ob ich es selbst dann über mich bringen könnte«, sagte er lachend, ohne sie zu hören. »He, morgen abend nehmen wir den Kleinen in den Zirkus mit. Da sind Motorradfahrer, die in einer Kugel rumfahren; war richtig beängstigend.« Er gähnte. »Ich habe versucht, ein Stofftier für ihn zu gewinnen, als ich da oben war. Seit wann schläft er schon?«

»Seit ein paar Stunden.«

»Sehr bedauerlich, daß es hier keine Babysitter gibt. Wäre schön, jetzt noch zusammen was trinken zu gehen.« Er zog sie aufs Bett und berührte sogar ihre Brüste.

»Nicht daß er aufwacht«, sagte sie.

Er wälzte sich runter. »Ich glaub', ich hab' schon einen sitzen.« Er drehte sich zum Fernseher um. »Was siehst du grade?«

»Das hab ich vor einer Stunde entdeckt. Eine Sendung über die verschiedenen Spiele in den Casinos hier.«

»Die denken aber auch an alles.«

»Ich finde das aufregend.«

»Aber das Risiko ist es nicht wert.«

»Ist das wirklich dein Ernst?«

»Und ob. Ich glaube wirklich nicht, daß man hier gewinnen kann. Las Vegas existiert nur, weil die Leute verlieren. Wenn ich denen hier Geld geben würde, dann nur, um mir ein Stück davon zu kaufen.«

Sie stellte den Fernseher aus. »Ich hab' das schon zweimal gesehen.«

»Laß doch an. Vielleicht läuft noch irgendwo ein Film mit Frank Sinatra.«

*

Ray schlief zwölf Stunden durch, stand auf, trank Wasser aus dem Hahn im Bad und schlief noch einmal drei Stunden. Als der Schlaf vorbei war und er das Blut in den Adern locker schüttelte, fühlte er sich, selbst überrascht, als ob er gewonnen hätte.

Er zählte die zehn frischen Hundert-Dollar-Scheine, die ihm geblieben waren. Er zählte sieben Zwanziger, die er noch in der Brieftasche hatte.

Sein Plan hatte sich sehr vereinfacht. Er würde nach El Paso zurückgehen und seine Kinder besuchen, er würde mit seinen Brüdern und Schwestern reden, seiner Mutter zuhören, das Grab seines Vaters besuchen, und was auch immer heute abend geschehen würde, er käme als Gewinner nach Hause.

*

Sylvia stand unter einer breiten Bogentür, durch die es vom Hotelfoyer ins Casino ging. Zwei Tage lang hatte sie dem Treiben nur zugehört und zugesehen, jetzt aber war sie endlich allein, eingeschüchtert von der Ruhe, die hier herrschte, und von dem Gefühl der Einsamkeit, das ihr dieser Ort einflößte.

Es verlangte sie sehr danach, aus dieser Lebensphase hinauszuwachsen. Sie fand das nicht richtig und fühlte sich schuldbeladen und beschmutzt. Dabei war ihr bewußt, wenn sie nicht solches Glück gehabt hätte, wenn sie irgendwann früher eine andere Wahl getroffen hätte, dann würde sie jetzt wahrscheinlich genau nach dem verlangen, was sie heute hatte; und sie würde sich zweifellos mit weniger zufrieden gegeben haben.

Sie hatte keine Ahnung, was sie damit eigentlich bezweckte. Sie wußte nicht, was für eine Antwort sie hier bekommen sollte und was sie damit anfangen würde. Sie wußte nur, Gewinnen wäre eine Antwort, und Verlieren wäre auch eine Antwort. Sie wußte nicht, was von beidem besser wäre, wollte aber auf jeden Fall gewinnen.

*

Am Abend machte Ray die tausend Dollar zu Chips und lehnte sich an einen Würfeltisch. Er spielte klug und setzte nur dann etwas ein, wenn ihm danach war.

Er wartete auf die Würfel, auf einen guten Wurf. Er gewann, aber nur kleinere Beträge.

Für Sylvia lief es gar nicht gut. Sie spielte Blackjack und verlor, sie setzte beim Roulette auf rote und schwarze Zahlen und verlor, wenn auch jeweils nur geringe Einsätze. Was ihr mehr fehlte als Geld oder Geduld, war Zeit. Das Würfeln scheute sie zwar, weil die Einsätze so kompliziert waren, und ihr war auch bewußt, daß sie ihr Vermögen ebensogut mit einem Klicken der Kugel im Rad oder dem Klatschen einer Karte auf dem grünen Tisch loswerden konnte, aber sie wußte, es mußte das gedämpfte Klappern der Würfel sein.

Auf den ersten Blick fand Ray nichts allzu Besonderes an der attraktiven Frau, die sich irgendwann ihm gegenüber an den Tisch stellte, und nur, weil er für ein paar Runden pausierte, fiel ihm auf, daß sie nur auf die Felder mit den schlechteren Chancen setzte. Erst sah er ihr nur zu, und dann starrte er sie so lange an, bis er gar nicht mehr anders konnte, bis Geräusche, Licht und Farben des Casinos nurmehr zum undeutlichen Hintergrund für diese Frau verblaßten. Wie der Anblick einer längst vergessenen schönen Freundin weckte sie in ihm ein starkes Gefühl, das er nicht als Erinnerung empfand, sondern wie eine Erweckung, so überzeugend wie die, mit der er das Hotel verlassen hatte. Er starrte sie an und wußte, er kannte sie nicht und hatte sie nie gesehen.

Sylvia war schon seit jungen Jahren an die Blicke der Männer gewöhnt und hatte gelernt, daß sie sich ihnen, auch wenn sie sie nicht ignorieren, immerhin entziehen konnte. Aber daß dieser große Mann da sie so kindlich angaffte, lenkte sie durchaus nicht ab, sondern steigerte sogar noch ihre Konzentration. Seine ungewollte Bewunderung war das freundlichste Glück, das ihr am ganzen Abend über den Weg gelaufen war.

Als der Spielleiter ihr die Würfel hinschob, hatte Sylvia nur noch drei Fünf-Dollar-Chips übrig, während Ray dreihundert Dollar über seinen ursprünglichen tausend lag. Sie nahm die Würfel und setzte einen Chip auf Sieg, und Ray setzte vierhundert auf dasselbe und dann den kompletten verdoppelten Gewinn auf ihren Point von Vier, den sie mit dem nächsten Wurf schaffte. Er setzte noch einmal tausend auf Sieg, während sie ihre zehn Dollar stehen ließ und eine Zehn würfelte. Er erhöhte seine tausend um zwei auf den Point, für den wie für die Vier zwei zu eins gezahlt wurde. Sie würfelte zweimal, bis sie beim drittenmal eine Zehn aus Vier und Sechs bekam.

»Sieg auf der ganzen Linie!« rief der Spielleiter. »Phantastischer Wurf!«

Ray zählte von seinem Gewinn Chips für fünfhundert Dollar ab und schob sie Sylvia rüber. »Bitte«, sagte er. »Sie brauchen es mir nur zurückzugeben, wenn wir gewinnen.«

Sie hätte das vielleicht ausgeschlagen, brachte aber

vor Verwirrung kein Wort heraus. Sie nahm die Würfel und warf.

»Sieben! Riesengewinn auf Sieg!«

Ray wollte das Geld nicht zurücknehmen, das er ihr auf das Sieg-Feld geschoben hatte; Sylvia überlegte, ob sie es auf ihr Tablett legen sollte, gab dann aber nach, gab ihm nach, und ließ es dort liegen. Jetzt war sie es, die zusah, die ihn anstarrte, und noch niemals hatte sie sich so überlegen und zugleich so hilflos gefühlt.

Überzeugt von ihrer Glückssträhne, setzte Ray auf Sieg, und als sie einen Point hatte, machte er so viele Nebeneinsätze wie er konnte, und es gelang ihr mehrmals hintereinander, die Sieben zu vermeiden. Sylvia ließ Rays Geld auf dem Sieg-Feld stehen und schaffte noch dreimal in Folge ihren Point, was sich zu einem Gewinn von viertausend Dollar multiplizierte. Als er knapp vierzigtausend hatte, stieg Ray aus; er brauchte mehrere Tabletts, um die Chips zum Kassierer zu tragen.

»Ich danke Ihnen sehr«, sagte Sylvia verlegen, als stünde sie unter der Lampe vor ihrer Haustür. Sie hielt ihm das Geld hin, das sie ihm schuldig war.

»Ich möchte, daß Sie es behalten«, sagte er auf Spanisch zu ihr.

Seine Geste erschien ihr in keiner Weise arrogant, blasiert oder sonst irgendwie unaufrichtig. Trotzdem rechnete sie damit, daß er sie gleich auf einen Drink oder zum Essen einladen würde. Sie hatte sich schon ihre Ablehnung zurechtgelegt – ihr Mann und ihr Sohn warteten auf sie, würde sie sagen –, aber er sagte nichts dergleichen, was jedoch offenbar nicht daran lag, daß er von seinem Gewinn so überwältigt war.

*

Sylvia überzeugte sich davon, daß ihr Mann neben ihr schlief, und horchte nach dem Atem ihres Sohnes, der im Bett neben ihnen lag. Sie begann sich langsam zu streicheln. Erst war es noch ihre Hand, dann nicht mehr. Erst ließ sie die Finger steif auf ihrer Haut umherwandern, dann nahm sie die Handflächen dazu, und ihre Finger wurden weich und biegsam. Manchmal berührte die Hand sogar ihr Gesicht, ihre Lippen, ihre Augen. Sie fühlte sich jung, es gefiel ihr, wie sich die vertraute kalte Luft auf die Bettdecke legte. Natürlich konnte sie das Fenster nicht lange offen lassen, aber solange es offen stand, genoß sie jede Sekunde.

*

Als Ray viel später in dieser Nacht im Bett lag, mußte er wieder an Sylvia denken. In den zehn Jahren seiner Ehe hatte er seine Frau nie betrogen; als junger Mann hatte er zwar überdurchschnittlich viele Freundinnen gehabt, war aber längst nicht mit allen ins Bett gestiegen, und wenn er an die wenigen dachte, mit denen er es getrieben hatte, konnte er in der Rückschau kaum sagen, ob es Niederlagen oder Eroberungen gewesen waren. Diesmal wäre es vielleicht anders gewesen. Er dachte an Sylvia und spürte sie, als ob sie neben ihm auf der leeren Seite des Bettes läge. Er spürte sie ohne sexuelle Regung, und das gefiel ihm sehr.

*

Als Ray zum Frühstück ins Restaurant kam, starrte Sylvia ihn an, und er starrte zurück. Er hatte sich wahllos irgendwo hingesetzt, und daß er sie zufällig wiedersah, weckte eine seltsame Zuversicht in ihm.

Sylvia wandte den Blick ab, sie wollte kein Gespräch mit ihm anfangen. Sie wartete geduldig, bis ihr Mann zu Ende gegessen hatte; sie empfand das als Prüfung, bis sie erkannte, daß Ray nicht daran dachte, etwas zu sagen. Da fühlte sie sich sehr lebendig.

Als ihr Mann fertig war, stand Sylvia auf und sah befangen zu Ray hinüber. Ihr Sohn schob geräuschvoll den Stuhl vom Tisch, lief auf die andere Seite der Glastür und drückte sich die Nase daran platt. Er schnitt Ray Gesichter, und der sah ihm von seinem Tisch aus lächelnd zu.

»Viel oder wenig Trinkgeld?« wurde sie von ihrem Mann gefragt. »Vielleicht sollten wir ein wenig sparen, um die ganzen Verluste etwas auszugleichen. Wir müssen ja noch nach Hause kommen.« Er gab zwanzig Prozent.

Sie durfte Ray beim Hinausgehen nicht ansehen, schritt aber mit dem Gedanken, wie sie wohl aussah, durch das Restaurant. Als ihr Mann sie einholte, wußte sie immer noch nicht, was sie sagen sollte.

»Alles in Ordnung mit dir?« fragte ihr Mann.

»Nur ein bißchen müde.«

»Wohl gestern abend ohne den Alten über die Stränge geschlagen, wie? Du kannst ja auf der Heimfahrt schlafen.«

Sie nahm ihn bei der Hand.

»Willst du Weihnachten wirklich nicht deine Familie besuchen?«

»Nein, wirklich nicht, ich wollte nur das hier. Und es hat mir gut gefallen. Ich wollte Las Vegas schon immer mal kennenlernen, und jetzt weiß ich Bescheid.« Sie drückte seine Hand.

*

Auf dem berühmten Strip vor dem Restaurant sah Ray unwillkürlich die Wüste unter dem schwarzen Asphalt, erkannte mit einemmal, daß die Wunderwerke dieser Casinos und Hotels und Restaurants aus Stahlbeton durch Wind und Sonne und Sand zum Untergang verurteilt waren, und genoß das gute Gefühl, in diesem wenig dauerhaften Ort als Gewinner umherzuschreiten.

Eine kleine Stadt in West Texas

Die Sonne saugte die dünnen Säfte des Wüstenbodens auf, bis über dem reglosen Fluß namens Rio Grande ein träger Dunstschleier schwebte, saugte, bis die kahlen Berge namens Franklin still zu schreien schienen, saugte, bis der Rücken des Mannes namens Danny zu rissigem Leder geworden war. Die Sonne brannte; die Hitze war alles, verschlang alles – selbst die Schläge des anderthalbpfündigen Zimmermannshammers, der einen Sechzehn-Penny-Nagel einmal, zweimal und dreimal durch den Firstbalken und in das obere Ende eines Dachsparrens klopfte, selbst das an- und abschwellende Kreischen, mit dem eine Kreissäge sich durch Bretter fraß, selbst dem Lärm gelang es nicht, durch diese unersättliche Hitze zu dringen.

»Verfluchte Scheiße!« schrie der Texaner niemand besonderen an.

Danny schob den Hammer in die Tragschlaufe an seiner Hose, nahm das rote Halstuch ab, das er sich um die Stirn gebunden hatte, und wischte sich den Schweiß vom Gesicht. Er hatte seinen letzten Balken in das Dachgerippe genagelt; jetzt fehlte nur noch die Verschalung, und Peppy – der seinen spanischen Namen lieber in der falschen englischen Aussprache hörte – zog bereits schwitzend und schimpfend die Bretter hoch. Danny machte keine Anstalten, ihm zu helfen. Dafür gefiel ihm dieser Augenblick zu sehr, er stand gern so da und sah zu, beide Arme um einen Balken geschlungen, die Stiefel auf einen Träger gestemmt. Es gefiel ihm, weil er sich gleichzeitig in Gefahr und in Sicherheit fühlte – und daß er der Sonne näher war, der Hitze, daß er mittendrin war, das beruhigte etwas in seinem Innern.

Am anderen Ende des Dachs, nicht weit von der Stelle, wo Peppy jetzt die Sperrholzplatten antackerte, hakte der Texaner seine Taschen los und warf sie nach unten auf den Boden. Pause.

»Na endlich!« krähte Peppy und zappelte selig. »Zeit, nach Hause zu gehen!«

»Mann, du warst den ganzen Tag zu Hause, Peppy«, sagte der Texaner. »Wir anderen wollen uns bloß mal kurz abkühlen. Du kannst ja hier oben bleiben und noch ein bißchen brauner werden.«

»Pinche culero!« lachte Peppy.

Danny kletterte runter und ging zur Schattenseite des Hauses, dessen Grundgerüst sie bauten; sein Ziel war der Wasserkanister, Inhalt zwanzig Liter. Er mußte warten, bis Nigger – der so hieß, weil er so *prieto*, so dunkel war – seinen Durst gelöscht hatte, und das Wasser rieselte ihm ziemlich langsam in den offenen Mund. Ungeduldig nahm Danny sich eine Colaflasche, die dort herumlag, klappte die Kühlbox auf und hörte ihrem lauten Sprudeln zu, nachdem er sie in das eiskalte Wasser getaucht hatte.

»Da weiß ich was Besseres«, prahlte Nigger; er hob die Kühlbox wie einen überdimensionalen Pokal an den Mund und trank, wobei ihm das Wasser über Gesicht und Brust schwappte und auf den Boden platschte.

»Nimm sofort die Schnauze aus dem Wasser!« brüllte der Texaner. »Wer weiß, woran du sonst schon rumgeschlabbert hast, *Scheiße*, Mann, und die Zähne putzt du dir auch nie!«

Danny ging zu Peppy und dem Texaner, dann kam Nigger und setzte sich zu ihnen in den Kreis.

»Ernie hat echt guten Stoff«, sagte Peppy gerade zu dem Texaner. »Wirklich echt gut, das Zeug. Dunkelbraun. Macht ganz schön high ... Schon ganz wenig davon« – er nahm etwas bräunlichen Sand aus der Mitte des Kreises zwischen die Fingerspitzen – »nur etwa so viel« – ein winziges Häufchen auf seiner anderen Handfläche – »und dazu etwa fünf Teile Wasser« – er nahm noch etwas Sand dazu – »so ungefähr« – und mischte ihn unter den, der schon die Falten seiner dunklen rissigen Hand gefärbt hatte – »das reicht schon, um total high zu werden.«

Dann schwieg er, stolzerfüllt von dem Gedanken, daß er's erlebt hatte, daß er jetzt davon erzählen konnte, daß er davon zehren konnte, und seine Begierde wurde so stark, daß sie aus seinem Schmunzeln strahlte und den Schatten, in dem sie saßen, aufleuchten ließ.

Danny nahm noch ein paar kalte Schlucke aus seiner Wasserflasche. Das Wasser schmeckt gut, dachte er. Außerdem war es schön, nicht mehr in der Hitze zu sein und innerlich abzukühlen. Manchmal sollte man die Hitze lieber meiden. Manchmal war das sehr angenehm.

»Einfach *zu* schade«, fuhr Peppy fort, »daß Ernie das Zeug strecken mußte, weil diese Typen sich dauernd Überdosen verpaßt haben. Aber auch so zieht das Zeug rein wie ...«

»Hör auf damit«, stöhnte Nigger, der sich auf dem staubigen Wüstenboden ausgestreckt hatte. »Davon wird mir schlecht.«

»Na«, erwiderte Peppy und streute ihm den Sand auf die Brust, »dann schieß dir doch diesen Dreck in den Arm!« Er lachte gackernd und sah den Texaner an, der wenig begeistert vor sich hingrinste. »Du mußt wissen«, fügte er immer noch kichernd hinzu, »Nigger hat mal ein halbes Gramm Erde gekauft. Dunkelbraune Erde, etwas dunkler als die hier.« Noch eine Handvoll aus dem Kreis, nur leicht angefeuchtet.

Nigger drehte den Kopf hin und her.

»Wie ist das denn möglich?« fragte der Texaner Nigger. »Hast du dir das Zeug nicht mal angesehen?«

»Nein«, brummte er.

»Scheiße, warum denn nicht?«

»Einfach so.«

Der Texaner zog ein Gesicht, das Ekel und Verständnis zugleich ausdrückte.

»Bringen wir diesen Mist hinter uns. Nachher wird's noch heißer.«

*

Danny und Peppy saßen eingeklemmt zwischen Latten, Bierdosen und Elektrokabeln hinten auf dem verbeulten 62er Chevy Pickup des Texaners. Nach anderthalb Stunden waren sie mit der Arbeit fertig geworden, und jetzt fuhren sie zu dem Ort, den der Texaner sein Zuhause nannte.

Peppy, der bei jeder Gelegenheit etwas zu meckern hatte, suchte nach einem bequemen Platz auf der Ladefläche und murrte vor sich hin, bis er schließlich laut herausplatzte: »Der Gabacho ist ein echter Geizkragen.«

»Was soll das heißen?« kicherte Danny.

»Der Arsch will uns bloß sechzehn Dollar zahlen.«

»Das hat er dir gesagt?« Mit wenig Lohn hatte Danny schon gerechnet – es war schwer, Arbeit zu finden, und noch schwerer für ihn, sie zu behalten –, aber nicht mit so wenig.

»Genau das hat er gesagt.« Peppy stand auf, hämmerte aufdringlich gegen das Rückfenster, beugte sich dann zum Fenster auf der Fahrerseite rüber und schnauzte den Texaner an.

»Das ist aber wirklich nicht viel, Mann. Bist du sicher?«

»Na ja ... er will uns noch was anderes dazugeben.«

Danny nickte. Er würde um Barzahlung bitten.

Sie bogen von der Dyer Street in eine andere ein. Peppy schrie dem Texaner etwas zu, zeigte auf einen Autoersatzteilladen, und der Texaner bremste am Bordstein auf der gegenüberliegenden Straßenseite. Peppy sprang vom Wagen und grinste aggressiv. Danny wartete allein auf der Ladefläche; Nigger und der Texaner blieben vorne sitzen, rauchten Zigaretten und hörten schweigend einem Countrymusik-Sender zu, bis plötzlich Nigger die Tür auf seiner Seite aufstieß und kotzte, dreimal würgte er einen Schwall in den Rinnstein. Wenige Augenblicke später stolzierte Peppy mit seinem typischen Gang aus dem Ersatzteilladen – plattfüßig und steifbeinig, mit kurzen Schritten, leicht vorgebeugt und tänzelnd. Nigger, der die Tür vorsorglich offen hielt, schob den Kopf noch einmal in Richtung Gosse.

Peppy kam näher, und als er die Tür auf der Seite des Texaners fast erreicht hatte, machte er einen hohen Satz darauf zu und ließ einen bestialischen Furz. »*Mann*, bist du ein widerlicher Mexikaner!« brüllte der Texaner. Peppy rannte kichernd vorne um den Wagen rum zur offenen Beifahrertür. »Hier, halt mal«, sagte er und gab Nigger, ohne sich um seinen Zustand zu kümmern, die braune Papiertüte, die er aus dem Laden mitgebracht hatte. Peppy zog ein hellblaues Halstuch aus der Hosentasche und riß Nigger, dessen Gesicht vor Übelkeit ganz verzerrt war, die Tüte wieder aus der Hand, stopfte das Tuch hinein und wartete, nervös um sich blickend, aber immer noch grinsend, bis das Tuch völlig durchnäßt war. Als der Texaner ihm von der Fahrerseite irgend etwas zuschrie, grinste Peppy ihn nur höhnisch an. Dann drückte er sich das Tuch aufs Gesicht und sog gierig die Dämpfe ein. Als er fertig war, machte ihm Nigger das Ganze nach. Dann fuhren sie alle auf ein paare Biere zu einer Bar.

*

Ungefähr fünf Biere und ein Dutzend Billardpartien später rumpelten sie auf das Grundstück vor dem gemieteten Haus des Texaners. Daß sie so einfach vors Haus fuhren, hatte nichts mit Respektlosigkeit zu tun; der Bordstein war eigens dafür abgesenkt. Und das Grundstück – steinige Erde mit grobem Schotter, teils festgefahren, teils lose, der immerhin verhinderte, daß der von jedem Regen in Matsch verwandelte Boden zu einem völlig unbefahrbaren Sumpf wurde –, das Grundstück paßte eher in die Zeiten, als man, wenn man zum Essen ins Haus wollte, sein Pferd an einen Pfosten band und sich die Stiefel an einem Schaber sauberkratzte. Das Haus, eher eine Hütte, war reichlich schlicht gebaut – ein schmales Rechteck mit einem von links nach rechts geneigten Pultdach, der Anstrich der Holzverschalung so alt, daß man aus dem verblaßten rostigen Braun kaum noch auf die ursprüngliche Farbe schließen konnte.

Drinnen war es sehr eng, die Flohmarktmöbel in die Ecken und an die Wände gedrängt, der schmale freie Raum dazwischen übersät mit Spielzeug und anderen Kindersachen. Die drei Mitfahrer begrüßten die Frau des Texaners, die gerade ihren Sohn mit einem Löffel fütterte, und setzten sich. Der Texaner hing bereits am Telefon.

»Meinst du, du kannst noch mal einen Schuß für vierzig organisieren?« fragte er besorgt, wobei er entmutigt auf die Wählscheibe schielte und sich um einen ruhigen, entschlossenen Tonfall bemühte. »Allein schaffe ich das nicht. Kannst du vielleicht die Hälfte übernehmen? ... Nein, mir fehlen zehn Dollar ...« Der Texaner wirkte ausgelaugt, blutarm, seine blaugrünen Augen matt und deprimiert. »Okay. Orale.« Er legte langsam den Hörer auf. Sein Blick blieb in die Ferne gerichtet, eine Ferne aus Zeit und Raum.

»Was hat Ernie gesagt?« wollte Nigger wissen.

»Er ruft zurück.«

»Gibt's noch was?« Die drei hatten abgemacht, sich anderthalb Schuß zu teilen. Danny mußte da durch, er durfte nicht mitmachen.

»Er will versuchen, noch einen halben zu besorgen.«

Peppy und Nigger waren nervös. Die Frau des Texaners saß schweigend und mit übergeschlagenen Beinen am Küchentisch, das Baby war satt. Sie sprach wenig, und wenn sie mal etwas sagte, dann bloß in ihrer Familiensprache, die nur sie und der Texaner verstanden.

Der Texaner ging gelassen auf und ab; im Grunde war es kein richtiges Auf- und Abgehen, aber trotzdem. Der Kleine, der gerade Laufen gelernt hatte, wackelte über einen schmutzigen Flickenteppich von einem Mann zum andern, bis einer ihn hochhob oder neckte oder komische Gesichter schnitt, die das Baby für eine Weile ablenkten.

Die Hitze stand im Zimmer. Danny fühlte sich unbehaglich, wie ausgedorrt, er spürte seine Haut wie eine zu eng sitzende Jacke. Ihm war schwindlig, als stände er immer noch oben auf diesem Dach und schlüge Nägel ein.

»Will noch jemand Bier?« fragte der Texaner und sah im Kühlschrank nach. »Sind nur noch drei da, aber wir können Peppy ja alle einen Mundvoll ins Glas spucken.« Er lachte und holte die drei Dosen heraus. Dann nahm er ein Glas aus dem Schrank und goß aus jeder Dose etwas hinein, bis es voll war. Das Telefon klingelte.

Der Texaner hörte zu und grunzte nur gelegentlich. »Bin gleich zurück«, sagte er und legte heftig den Hörer auf, und noch ehe die schrille Klingel im Innern des Apparats sich beruhigt hatte, knallte die Fliegentür einmal und dann noch einmal gegen den Rahmen, und der Texaner öffnete bereits die Tür seines Pickups.

»Habt ihr Mota?« fragte Peppy die Frau des Texaners.

»Ich glaube, auf dem Fernseher ist noch was.«

Nigger spielte mit dem Kleinen. So liebevoll, daß der Junge vor Glück quietschte.

Peppy und Danny teilten sich einen Joint. Nigger wollte nicht. Die Frau des Texaners auch nicht.

*

»Hast du was gegen Chiva?« fragte Nigger Danny. Nigger ging behutsam vor; wenn Peppy gefragt hätte, und das hatte er schon ein paarmal getan, dann so: »Warum nimmst du nicht mal Heroin mit uns? Du bist doch ein Mann? Du kannst doch damit umgehen?«

»Ich nehme das Zeug nicht.«

»Niemals?«

»Ich hab' mal eine Zeitlang an der Nadel gehangen.«

Das gab Nigger zu denken. »Dann solltest du es lieber lassen, Mann.«

»Macht's dir auch keinen Spaß mehr?«

»Scheiße, und ob es mir Spaß macht. Aber es ist einfach zu teuer. Man sollte gar nicht erst damit anfangen.«

»Wie lange bist du schon dabei?«

»Ein paar Jahre. Inzwischen schieß' ich mir das Zeug

in den Arm.« Eine deprimierte Pause. »Das macht einen völlig fertig. Am Ende kommt man mit gar nichts mehr klar.« Er dachte nach. »Aber es ist so ein gutes Gefühl.« Nigger schloß die Augen und stellte es sich vor.

Danny ließ sich von der Hitze einlullen. Er ließ sich von ihr hochheben, auf das Dach, näher an die Sonne. Es war so heiß, daß er es kaum noch aushalten konnte. Er konnte es kaum noch aushalten.

*

Die Luft zerriß, als der Texaner hereinplatzte und zum Küchentisch stürmte, wo er das silbrig glänzende Päckchen fallenließ. Peppy und Nigger drängten sich dazu. Dannys Herz hämmerte wie wild. Er wich zurück, rückte näher, zaghaft, fasziniert, hin- und hergerissen zwischen Angst und Versuchung. Er sah das Zimmer durch einen Schwindel, der sein Gleichgewicht auf die Probe stellte. Er versuchte zuzusehen, er wollte zusehen, aber das war für ihn so gefährlich wie in die Sonne zu starren.

Nigger und Peppy warteten. Der Texaner führte Regie. Auf den Tisch kam ein Glas Wasser. Dann wurde die Folie aufgewickelt und bräunlicher Staub in einen Suppenlöffel geschüttet.

»Sieht gut aus, Mann«, sagte Peppy mit ernsterem Ton als nötig, während er mit einer Pipette Wasser in den Löffel träufelte.

»Nun mach schon!« schnaubte der Texaner gereizt.

Der Kleine spielte hinter Danny. Die Frau des Texaners stand bei den Männern, unmerklich zitternd wie die Zunge einer Klapperschlange. Dannys Herz pochte laut. Er dachte nach. In seinen Ohren rauschte es so laut, daß die Luft mitschwang.

Peppy zündete ein Streichholz an und hielt die nach Schwefel riechende Flamme über den Brenner des Gasherds.

»Was fummelst du so blöd da rum!« kreischte der Texaner. »Mach das Scheißding endlich an!« Er wartete, ein Halstuch locker um den Bizeps gebunden.

»Ich kann nicht, Mann. Es geht nicht an.«

»Zeig mir mal die Streichhölzer«, sagte er ruhiger, explodierte dann aber wieder: »So eine *Scheiße!*« Er riß Peppy die Schachtel aus der Hand, machte ein Streichholz an, dann ein zweites. Der Brenner zündete, die winzigen Flammen stellten sich im Kreis auf, und die Mixtur konnte zubereitet werden.

Der Texaner zog die Flüssigkeit auf eine Spritze und streckte den Arm aus. Sein Gesicht verzerrte sich in nervöser Erwartung. Der Arm reckte sich gierig, er zielte – die Nadel schweifte um eine violette, geschwollene Vene, pirschte sich energisch heran. Dann stach sie zu, und die Spritze leerte sich. Die Reaktion des Texaners glich einem Reflex: Die Augen schlossen sich, Ruhe strömte über sein wüstenverbranntes Gesicht.

Zufrieden riß er sich das Halstuch vom Arm und

ging auf Danny zu. »Sehen wir uns mal diesen anderen Job an«, sagte er.

»Welchen anderen Job?«

»Einen Umbau an der Ostseite.«

»Vámonos pues.«

Er warf seiner Frau einen Blick zu, der sagen sollte: Bis später. Danny folgte ihm nach draußen, während Peppy und Nigger sich über die Spritze hermachten. Das Baby schrie, es wollte mit Daddy mitfahren, aber dann schlug die Tür zu, und die Frau schob den Riegel vor und tröstete den Kleinen. Die beiden sahen zu, wie Danny und der Texaner wegfuhren.

Danny hatte das Fenster auf seiner Seite heruntergekurbelt. Er ließ die kühle Luft hereinströmen und den Schweiß trocknen, der ihm in Perlen auf Stirn und Schläfen stand. Erleichtert legte er den Arm auf den Fensterrahmen, aber der war glühend heiß, heiß wie die Mittagssonne, so daß er ihn mit einem leisen Schmerzensschrei wieder wegzog.

Der Texaner schüttelte mitfühlend den Kopf. »Ich hasse diese Scheißhitze. Ich hasse es, in dieser Scheißhitze zu arbeiten.«

Aber Danny mochte die Hitze. Die Hitze war ihm lieber. Danny brauchte die Hitze.

Er kurbelte das Fenster hoch und sagte dem Texaner, er mache das nur, um sich nicht noch einmal den Arm zu verbrennen.

Wo die Sonne nicht scheint

Normalerweise genoß Sal die Pausen zwischen den Jobs und führte sich dann auf wie jemand, der einen gültigen Ausweis hat und genug Geld, um seinen Partnern ein paar Runden auszugeben, ein Auto, in dem er eine hübsche Kellnerin auf eine Spritztour mitnehmen kann, und eine Handvoll Münzen für kleine Wettspielchen. Diesmal aber nicht. Diesmal dauerte es zu lange; bald würde seine Arbeitslosenunterstützung auslaufen, seine Töchter brauchten für den Schulanfang neue Kleider, und seine Frau machte sich Sorgen, weil sie wieder schwanger war. Sal hatte sogar seine Besuche in der Bar de Los Angeles eingestellt. Statt dessen saß er zu Hause vor dem Fernseher.

Und so freute es ihn, als er am Rand von Beverly Hills einen Job bekam; dort entstand eine Luxuswohnanlage, deren Stahlkonstruktion schon ein Stück aus der Grube gewachsen war. Es war ein riesiger Komplex, zwanzig Stockwerke hoch und vier tief, was für mindestens neun Monate Arbeit bedeutete, eher mehr, wenn die Bosse mit ihm zufrieden waren, und sollten sie sehr mit ihm zufrieden sein, würden sie ihn anschließend vielleicht auch beim Bau eines anderen einträglichen Hochhauses einsetzen. Das hatte er schon öfter erlebt, denn meistens gefiel den hohen Herren seine Arbeit. Immer wieder bekam er zu hören, er müßte eigentlich

Polier werden, er würde einen großartigen Polier abgeben. Es war nicht bloß Wunschdenken, daß er sich viel von diesem Job versprach.

Und es kam sogar noch besser, denn auf der zukünftigen Parkebene D am Grund der dunklen Grube mußte Sal erst einmal fünf Minuten lang Hände schütteln, so viele alte Kumpels von früheren Jobs, Zimmerleute und Arbeiter, waren da. Unter guten Freunden fiel es leichter, im feuchten klumpigen Dreck herumzustapfen, in der Hitze von 250-Ampere-Lampen doppelköpfige Nägel einzuschlagen, und Sal lebte sich rasch auf der Baustelle ein. Und dann gab es wieder die Mittagspausen, wo er mit den anderen zusammensitzen und über die Rätsel des Sex diskutieren konnte, über die hohen Preise überall und die Unfähigkeit der Leute in allen anderen Berufen außer ihrem eigenen. Und über die miese Art, wie die Männer mit den glänzenden weißen Schutzhelmen die Männer mit den dreckigen orangenen und blauen und grünen Schutzhelmen zur Arbeit antrieben.

»Wir hatten mal einen Job in der City«, erzählte Augustín, »da durften wir vormittags nicht mal Kaffeepause machen. Und was sagt Sal? ›Es gibt auch noch ganz andere Jobs!‹ und setzt sich zu den Monteuren auf einen Stapel Stahlnetze. Wozu der Polier nur meint: ›Das hört man ja gerne!‹ Dann geht er ins Büro, und jeder denkt, Sal wird gefeuert. Aber der bleibt einfach sitzen, als ob ihn das gar nichts angeht, und fängt erst wieder zu arbeiten an, als die Monteure auch anfangen. Und was ist passiert? Nichts, gar nichts! Eine Woche später durften wir alle Kaffeepause machen.«

»Warum kriegen wir keine Frühstückspause mehr?« fragte Sal den Gewerkschaftsvertreter mitten in das Gekicher der anderen hinein.

»Steht nicht im Vertrag. Die Firma braucht uns keine Pause zu geben, wenn sie nicht will.«

»Ganz schön beschissen.«

»So sind nun mal die Zeiten. Zu viele hungrige Leute. Die Firma meint, sie braucht uns nicht besonders entgegenzukommen.«

Sal schüttelte angewidert den Kopf, ihm war klar, daß der Mann recht hatte, und bald stand er wieder in der Grube, baute Pfeiler und Wände und half seinem Polier, die Markierungen für die erste Zwischendecke festzulegen. Er mußte erst einmal wieder auf die Beine kommen, und er kam auch ganz gut mit den Polieren zurecht, mit allen bis auf den Oberpolier, mit dem niemand auskam, und der sie aus irgendeinem Grund alle nicht ausstehen konnte, vor allem, so hieß es, diejenigen nicht, die keine hundertprozentigen Weißen waren. Ihn zu ignorieren, war kaum möglich, denn es war sein besonderer Ehrgeiz, die Männer ständig zu beobachten und ihre Arbeit zu kontrollieren. Aber Sal schwor seiner Frau, er werde das ignorieren, auch wenn es ihm schwerfallen würde, auch wenn die anderen schon redeten, weil sie Sal kannten und mal wieder mit einer seiner denkwürdigen Provokationen rechneten.

»Wir hatten mal einen Job in der Figueroa Street«, erzählte Rudy dem Lehrling Jamaal, »da mußte Salvador so eine geschwungene Auffahrt ausmessen. Und als er gerade dabei ist, kommt dieser Oberspießer von Polier und sagt, er macht das völlig verkehrt. Salvador hört gar nicht hin auf diesen Scheiß, und da wird der andere natürlich stinksauer. Dann geht's los, ›Arschloch!‹ hier und ›Arschloch!‹ da, und am Ende prügeln sie sich. Die ganze Baustelle hat aufgehört zu arbeiten und sieht sich das an. Salvador verpaßt ihm eine gründliche Abreibung, und am Ende müssen sie beide ins Büro. Wir haben bis Feierabend gar nichts mehr gemacht, und am nächsten Tag ist der Polier nicht mehr aufgetaucht. Angeblich ist er versetzt worden.«

»An dem Tag hatten wir bestimmt vierzig Grad«, erklärte Sal.

»Und als Salvador ein paar Tage später wieder eingestellt wurde, waren's bloß noch fünfundzwanzig«, sagte Rudy.

Zwei Wochen ging alles glatt. Sal konnte jede Menge Überstunden machen, sogar am Wochenende bei doppeltem Lohn, und er und der Oberpolier sprachen nur das Nötigste miteinander, es reichte praktisch nur für Guten Morgen und Guten Abend. Dann geschah es: In der elften Dämmerstunde eines sehr langen feuchten

Tages waren Sal, der Oberpolier, zwei Hilfsarbeiter und zwei andere Poliere damit beschäftigt, einen Zementschlauch in eine schmale Öffnung im Boden einzuführen, wo ein Fundament gegossen werden sollte. Sie hatten sich schon fast eine Dreiviertelstunde damit abgemüht und waren von oben bis unten mit Schweiß und nassem Lehm beschmiert, und Sal war gerade dabei, den beiden Hilfsarbeitern die Anweisungen des Oberpoliers ins Spanische zu übersetzen.

»Nicht, daß sie nicht verstehen, was Sie wollen«, sagte Sal so geduldig wie er konnte, »und wir geben uns auch wirklich alle Mühe. Aber so funktioniert es einfach nicht.«

»Wir haben acht Meter Zement zu verarbeiten, der Fahrer will nach Hause, und das hier muß noch heute abend fertig werden. Wollen wir jetzt hier rumstehen und diskutieren, oder wollt ihr die Sache über die Bühne bringen?«

»Sag ihm, wie du es machen willst«, sagte Benito zu Sal auf Spanisch. Elario nickte zustimmend.

»Ich habe da so eine Idee«, sagte Sal und tarnte seine Verachtung als Bescheidenheit. »Wollen Sie sich das mal anhören?«

»Unglaublich!« schäumte der Oberpolier und stapfte von dannen.

»Also, was meinst du?« fragte der Maurerpolier Sal.

»Wir nehmen Draht und schieben ihn durch das Loch, dann befestigen wir an dem Draht ein Seil, ziehen das Seil durch, befestigen das Seil am Schlauch und ziehen ihn durch.«

»In Ordnung«, sagte der Zimmermannspolier.

Als die Männer zehn Minuten später entspannt plaudernd herumstanden und zuhörten, wie der Zement durch den Schlauch floß und das Fundamentloch ausfüllte, versuchte Sal, mit dem Oberpolier ins Reine zu kommen. Und so fragte er freundlich: »Bezahlen Sie heute abend das Bier?«

Der Mann sah ihn finster an, drehte sich um und stieg die drei Metalltreppen des Baugerüsts zum Bürowagen hoch.

Früher hätte Sal so etwas niemals durchgehen lassen, aber die Gewerkschaften nahmen keine Mitglieder mehr auf, die Wartezeiten waren lang, und er mußte schon allein für die Krankenversicherung eine gewisse Zahl von Stunden arbeiten. Und er hatte es seiner Frau versprochen. Dies eine Mal wollte er nichts sagen, er würde das jemand anderem überlassen. Die anderen haben alle dieselben Schwierigkeiten mit diesem Mann, überlegte er, warum soll also nicht mal zur Abwechslung ein anderer den Helden spielen? Er jedenfalls würde sich da raushalten.

Und so hielt er es auch. Als ein Monteur, der mit Schweißbrenner und Schutzbrille über ihm arbeitete, einen heißen Funkenschauer auf ihn regnen ließ, bezwang Sal seine Wut, entfernte sich aus seinem Arbeitsbereich, wartete, bis der Mann fertig war und bat ihn dann, etwas besser aufzupassen. Als der Monteur eine Stunde später mit einem anderen Zimmermann dasselbe machte, sagte er kein Wort, fühlte sich aber besser, weil der Zimmermann, der laut aufgeschrien hatte, das dem Vertrauensmann mitteilte. Der Vertrauensmann war schließlich für die Sicherheit zuständig. Und dann war der Monteur endlich mit dieser Ebene fertig, und sie hatten ungefähr eine Woche Zeit, bis er wieder über ihnen arbeitete und sie sich Sorgen machen mußten.

Und er sagte auch nichts, als ein Polier die Zimmerleute anwies, sie sollten den Arbeitern helfen, ungefähr fünfzig schwere Formplatten, die versehentlich auf Ebene C abgeladen worden waren, zur Ebene D und dort auch noch genau auf die andere Seite zu schaffen; dabei war es mal wieder ein heißer, schwüler Tag und die Luft schwarz von den fetten Auspuffgasen eines kleinen Raupenfahrzeugs, das unten den Boden planierte, und die Firma stellte nicht einmal Ventilatoren zur Verfügung, die etwas Luft in die stickige Grube geblasen hätten.

Auch eine Woche später riß er sich zusammen; sie waren schon in der zweiten Überstunde, und er hatte das Gießen der Pfeiler überwacht und die Stellen, wo der Beton auslief und herausgedrückt wurde, gestopft und abgedichtet. Der Oberpolier regte sich über die vielen undichten Stellen auf, das war sein gutes Recht, und bald machten sie sich an den letzten Pfeiler dieses Tages, der jetzt schon in den Abend übergegangen war. Der Pfeiler schien keine Schwierigkeiten zu machen, und Sal bat Elario und Benito, sie sollten ihn im Auge behalten und sofort rufen, falls sie irgendwas bemerkten, denn die Leute an der Pumpe standen eine Etage höher und konnten nichts sehen, aber er müsse mal kurz weg, er wolle die Ramme in den Werkzeugschuppen bringen. Dabei hätte das eigentlich ein Hilfsarbeiter machen sollen, seine Aufgabe war es, den Guß zu überwachen, und als er zurückkam, breit grinsend, weil wieder mal ein langer Tag zu Ende war, seinen Hammer nahm und herantrat, um an die Holzverschalung zu klopfen und festzustellen, wie gut sie gefüllt sei, versank er mit einem Stiefel knöcheltief in frischem grauen Beton.

Der Oberpolier brüllte ihn an wie ein Irrer, aber Sal hörte einfach weg; er half Elario und Benito, den ausgelaufenen Beton wegzuschaufeln und sagte ihnen auf Spanisch, sie sollten sich deswegen keine Sorgen machen, kein Grund zur Unruhe, es sei sowieso zu dunkel, vielleicht sei das Zeug wirklich gerade eben rausgelaufen, wie der Maurerpolier behaupte. Er habe nicht weggehen dürfen, aber das Scheißding sei eben einfach nicht richtig konstruiert.

Danach wurde viel darüber debattiert, warum der Oberpolier ausgerechnet nach dieser Sache so schlecht auf Sal zu sprechen war; denn dieser Vorfall allein konnte ihn nicht auf den Gedanken gebracht haben, daß Sal eine Flasche sei, und der davor auch nicht, wo er selbst schlecht ausgesehen hatte und Sal bloß unhöflich gewesen war. Da mußte noch etwas anderes sein, und jeder hatte eine Meinung dazu.

»Es liegt an deiner Trinkerei«, sagte Augustín. »Er ist Mormone, und Mormonen haben was gegen Leute, die trinken. Du darfst nicht mehr mit uns trinken, Sal. Du darfst dich nicht mehr betrinken!«

»Irgendwie hat Augie recht, Sal«, sagte Rudy, »aber es geht nicht um Bier oder Whiskey, sondern um Frauen. Diese Sekretärin, die nach der Arbeit immer hinter dir herläuft. Der Pendejo ist eifersüchtig, weil er meint, du nimmst ihm was weg, was ihm gehört. Besonders, seit du sie mal abends nach Hause mitgenommen und am nächsten Morgen wieder mitgebracht hast. Sag schon, Sal, mal ehrlich, du läßt wohl auch gar nichts aus, wie?«

»Ihr Auto war kaputt. Ich habe sie nach Hause gefahren und am nächsten Tag zur Arbeit gebracht, weil ihr Auto in der Werkstatt war.«

Das wollte keiner so recht glauben.

»Der Alte ist weiß, Sal ist braun. So einfach ist das«, sagte Jamaal.

Darüber lachten sie alle, hauptsächlich, weil Jamaal es gesagt hatte und man sonst kaum etwas von ihm zu hören bekam.

»Wohl eher, weil Salvador Spanisch kann und er nicht«, sagte Benito auf Englisch, was eine Art Bestätigung für Jamaal sein sollte.

»Der steht ziemlich unter Druck«, sagte der Zimmermannspolier. »Immer soll alles zack, zack gehen, und das macht ihn nervös. Und er denkt, du bist nicht richtig bei der Sache. Er führt sich auf wie ein Football-Trainer.«

»Ich sag' dir, was ich denke«, fing der Maurerpolier an. »Ich denke, du bist besser als er, und er weiß es. Ich denke, deine Anwesenheit hier macht ihn nervös. Der will dir unbedingt was anhängen.«

Sal hatte seine eigenen Gedanken. Er glaubte, es habe etwas damit zu tun, daß die Männer vor der Arbeit, in der Mittagspause und nach der Arbeit bei ihm saßen und lachten und redeten und er mit ihnen auskam, ob sie weiß oder schwarz oder mejicano waren. Bestimmt spürte dieser Mann, daß Sal kein Boss sein wollte, daß ihm Hilfsarbeiter genauso sympathisch waren wie Bauleiter, oder sogar noch sympathischer. Aber den anderen gegenüber äußerte er als einzige Meinung zu diesem Thema nur: »Er ist bloß ein mieses Schwein, je weniger ich ihn beachte, desto mehr gefällt mir dieser Job, und desto länger will ich bleiben. Im übrigen kann er mir mal im Mondschein begegnen.« Da mußten die Männer lachen.

Sal arbeitete weiter, er sah darüber hinweg, daß der Oberpolier ihn keine Überstunden machen ließ, er sagte kein Wort zu den kleinen Schikanen, mit denen er ihn reizen wollte, zum Beispiel, daß er nie einen Hilfsarbeiter zugeteilt bekam, der ihm Material holte oder Werkzeug brachte, oder daß er immer die schmutzigsten Arbeiten an den schmutzigsten Stellen machen mußte, oder daß ihm alle anderthalb Tage ein neuer Partner zugewiesen wurde, mit dem er dann jedesmal wieder von vorn anfangen und ihm alles erklären mußte: Also das hier ist eine Pfeilerklemme, die wird so herum angebracht, das müssen wir zusammen machen, und wenn ich den Bolzen hier einsetze, mußt du aufpassen, daß du deinen da hereinbekommst, und die Nägel werden in diesem Abstand eingeschlagen und so weiter. Statt dessen dachte er an die hübschen Kleider, die er seinen hübschen Töchtern kaufen würde, an das glückliche Gesicht seiner Frau, mit dem sie ihm, wenn er nach Hause kam, in der gußeisernen Pfanne ein Lendensteak mit Zwiebeln und Chili und Tomaten brutzelte und sich die Schürze bespritzte, die ihren runden Bauch umspannte.

Er hielt das alles aus, weil er ein anständiges Leben führen wollte. Auch Efren wollte das, und deswegen machte Sal ihm keine Szene wegen des Pfeilers, den er verpfuscht hatte und den Sal nun in Ordnung bringen mußte. Der lange dünne Pfeiler befand sich neben der Zufahrtsrampe, das heißt im Blickfeld der Mercedescoupés und -limousinen, die hier später ein- und ausfahren würden, und schien oben etwas krumm zu sein; Sal besah sich die Sache und stellte fest, daß die Klemmen falsch angebracht waren; mit Efren zusammen nahm er sie ab und montierte sie dann richtig wieder an.

Aber das war nicht das Problem. Er sah es sich noch einmal genauer an und maß die Winkel. Die waren in Ordnung. Er prüfte alles, was ihm einfiel, kletterte auf dem Gerüst herum und lief auf den Brettern hin und her, starrte aus dreizehn Meter Höhe auf die widerspenstigen Dübel hinunter, die aus dem harten Beton unter ihm zurückstarrten. Die Sache war ganz schön knifflig, er wollte beinahe schon aufgeben, bat aber Efren, ihm zur Sicherheit noch einmal genau zu erklären, wie er beim Bau des Pfeilers vorgegangen war. Und dann hatte er's. Denn als er die vorgegebenen Maße erfuhr, stellte er fest, daß Efren die Bretter für die Verschalung unten fünfunddreißig und oben fast vierzig Zentimeter breit zugesägt hatte.

Als Efren hörte, was er falsch gemacht hatte, war er so erleichtert, daß er aufs Scheißhaus rannte, und so fing Sal schon mal alleine an, den Pfeiler wieder auszupacken. Der Oberpolier beobachtete ihn schon eine ganze Weile, aber Sal machte sich nichts daraus, denn der Mann sah ihm dauernd bei der Arbeit zu. Als er jedoch über einen Stahlträger auf ihn zukam und aufs Gerüst sprang, fiel Sal die Kinnlade herunter.

»Was hast du hier an diesem Scheißding rumzufummeln?«

Sal begann zu erklären.

»Soll das heißen, du hast heute den ganzen Tag und gestern an diesem Scheißding gearbeitet und es nicht geschafft, das richtig zuzuschneiden?!«

Sal verschlug es die Sprache. Er war erst seit zwei Stunden hier und hatte gedacht, der andere wüßte das.

»Wie kann ein Zimmermann nur so dämlich sein?! Meinst du, ich bezahl' dich, damit du wie ein Lehrling arbeitest?! Zimmermann willst du sein? Daß ich nicht lache!«

Der Mann wurde oft heiser, und jetzt brach ihm wieder mal die Stimme. Sal lief vor Wut rot an. Er schluckte. Er sagte nichts. Er hörte die Stimme seiner Frau. Er hörte ihr zu. Er lauschte.

Der Oberpolier keifte, Sal sagte kein Wort. Die anderen sahen von unten zu und warteten, daß Sal ihn vom Gerüst stieß, sie konnten es nicht fassen, daß der Mann nichts von Sals Stolz und Temperament zu wissen schien. Aber Sal sagte kein Wort, und schließlich stapfte der Oberpolier über den Träger auf den Plafond zurück und brüllte noch lauter als vorhin, Sal sei gefeuert, er könne seine Sachen packen.

Sal kletterte nach unten. Er sagte nichts, die anderen sprachen ihn nicht an. Er nahm seine Werkzeugkiste, hob sie sich auf die Schulter und ging los. Er hörte Rudy zu jemandem sagen: »Scheiße, Salvador bringt den Mann um, jetzt sieht er rot, er bringt ihn um.«

Sal ging in die Bar de Los Angeles und trank, er blieb lange, prügelte sich mit zwei Cholos, kam mit einem zerschlagenen Gesicht nach Hause und wurde am nächsten Morgen von seiner Frau wachgerüttelt.

»Du kommst zu spät! Dein Essen ist fertig. Geh duschen.«

»Ich arbeite da nicht mehr.«

Sie setzte sich aufs Bett. »Was ist passiert?«

»Es gab Streit.«

»Dann geh hin und entschuldige dich. Sag ihm, du brauchst den Job.«

»Ich habe ihn geschlagen«, sagte er.

»Warum, Sal? Du hast es versprochen. Du hast es mir doch versprochen!«

Liebe in L. A.

Jake kroch mit dem fast stehenden Verkehr durch das übliche Grau aus Beton, Smog und frühem Morgen unter der Überführung des Hollywood Freeway die Alvarado Street entlang. Das machte ihm nichts aus, denn er wußte, wenn er nach links auf die Auffahrt abzubiegen versuchen würde, wäre es noch viel schlimmer. Er hatte das bestimmt nicht an jedem Tag seines Lebens mitgemacht, und sollte ihn jemand fragen, würde er versichern, daß er es auch in Zukunft nicht vorhabe. Eine feste Anstellung hatte jedoch ihre Vorteile, und er kam nicht daran vorbei, auch darüber nachzudenken. Er brauchte ein UKW-Radio, und zwar in einem besseren Wagen als diesem 58er Buick. Er wollte ein Auto, das innen mit Velours ausgekleidet war, das eine elektronisch gesteuerte Aircondition für die Sommer in L. A. hatte und eine schön warme Heizung und einen Entfroster für die Strandausflüge im Winter und einen Temporegler für die längeren Fahrten, und natürlich vernünftige Lautsprecher vorne und hinten und fest schließende Fenster, hinter denen der widerwärtige Lärm der Straße nur noch als Summen zu hören war. Ja, wahrscheinlich würde er seinen Stil komplett ändern müssen. Exotische Duftwässer, feudale dunkle Nachtclubs, Maitais und Daiquiris, schmuckbehangene Damen in Satingewändern, mit sexy verschleiertem Blick wie in einer Tequilareklame. Jake konnte sich vieles vorstellen, wenn der Tag lang war, aber nichts davon endete damit, daß er in einem Stau stekkenblieb.

Jake dachte so sehr an diese Freiheit, daß er, als er sie wie ein grünes Licht im Augenwinkel aufleuchten sah, sofort in Gedanken von einer festen Anstellung Abschied nahm. Dann wandte er den Blick nach vorn in Richtung Windschutzscheibe, aber wohl eine Sekunde zu spät. Er stieg auf die Bremse und lenkte die Vorderräder von den winzigen Bremslichtern weg, konnte aber den Zusammenstoß nicht mehr verhindern. Nur eine Sekunde früher, und es wäre gerade noch einmal gutgegangen. Eine Sekunde später, und er wäre dem Toyota auf den Kofferraum gestiegen. So aber war es nur ein harmloser Aufprall, viel weniger heftig als das, was ihm auf die hintere Stoßstange krachte.

Jake überlegte, ob er einfach an dem Toyota vorbeifahren sollte, fürchtete jedoch, der Verkehr da vorne würde das nicht zulassen. Als er einige Autolängen weiter am Bordstein anhielt, kam ihm der Gedanke, daß der Verkehr ihm auch beim Entkommen hätte helfen können. Er schlug die Wagentür zweimal zu, um sich zu überzeugen, daß sie noch richtig schloß, und auch, um noch ein wenig Zeit zu gewinnen, dann untersuchte er den Buick vorn und hinten nach Schäden an den Stoßstangen. Nichts zu sehen, nicht einmal Kratzer im Chrom. Seine Laune besserte sich. Natürlich kam es bei einem Auto nicht in erster Linie auf Schönheit an, sondern darauf, daß es ansprang und fuhr, dennoch waren Karosserie und Lack seines Wagens bis auf ein paar kleinere Beulen in einwandfreiem Zustand. Das war eins der wenigen Dinge, die er im Lauf der Jahre wirklich gut gemacht hatte.

Bevor er mit der Fahrerin des Toyota sprach, deren Aussehen weitere Komplikationen anzukündigen schien, winkte er dem Fahrer des Wagens, der auf ihn aufgefahren war und hinter dem Toyota angehalten hatte, und gab ihm durch Zeichen und Kopfschütteln zu verstehen, daß bei ihm alles in Ordnung sei. Der Fahrer winkte zurück und ließ den Motor an.

»Ich habe nicht mal einen Kratzer«, sagte Jake auf seine typische Art. »Und was ist mit Ihnen? Irgendwas am Wagen beschädigt? Ich will's beinahe hoffen, damit wir uns noch ein bißchen unterhalten können. Sie könnten mir auch gleich Ihre Telefonnummer geben, sonst werde ich sie mir per Leibesvisitation selbst beschaffen müssen.«

Er nahm ihr Lächeln als gutes Zeichen und entspannte sich. Er sog ihren Geruch ein wie reine Luft und strich seine alles andere als neue, aber nicht unschicke Garderobe glatt.

»Sie haben ein Kennzeichen aus Florida. Ihrem Aussehen nach müssen Sie aus Kuba sein.«

»Mein Eltern sind aus Venezuela.«

»Ich heiße Jake.« Er hielt ihr die Hand hin.

»Mariana.«

Sie schüttelten sich die Hände, als hätten sie das noch nie zuvor in ihrem Leben getan.

»Tut mir wirklich leid, daß ich Ihnen hinten draufgerauscht bin.« Das klang ziemlich echt. Er tätschelte die breite Delle neben dem zertrümmerten Rücklicht. »Erstaunlich, wie leicht diese neuen Wagen Beulen kriegen. Die sind so weich, daß man sie demnächst an Stelle von Wasserbetten nehmen wird.« Jetzt wußte er nicht mehr weiter. So vieles schien ganz unwahrscheinlich, aber es gab immer eine Möglichkeit.

»Vielleicht sollten wir irgendwo frühstücken gehen und die Sache besprechen.«

»Ich frühstücke nie.«

»Und wie wär's mit einem Kaffee?«

»Danke, aber es geht wirklich nicht.«

»Sie sind doch nicht verheiratet? Nicht, daß mir das was ausmachen würde. Da habe ich keine Vorurteile.«

Sie lächelte. »Ich muß zur Arbeit.«

»Klingt nicht gerade spannend.«

»Zeigen Sie mir lieber Ihren Führerschein«, sagte sie.

Jake nickte enttäuscht. »Ein kleines Problem«, sagte er. »Ich hab' ihn nicht dabei. Habe ihn heut morgen einfach vergessen. Ich bin Musiker«, übertrieb er großartig, »und, na ja, weiß auch nicht, ich hab' meine Brieftasche in der Hose gelassen, die ich gestern abend anhatte. Wenn Sie mir Papier und Bleistift geben, kann ich Ihnen meine Adresse und so weiter aufschreiben.«

Er folgte ihr zur Handschuhfachseite ihres Wagens.

»Müssen wir unbedingt die Versicherung informieren? Ich könnte den Schaden für Sie reparieren lassen.«

»Ich fürchte, das wird mein Vater nicht erlauben.«

»Ihr Vater? Der Wagen gehört nicht Ihnen?«

»Er hat ihn mir gekauft. Ich wohne noch zu Hause.«

»Ach so.« Sie entglitt ihm. Er trat noch einmal hinter ihren neuen Toyota und besah sich den Schaden. Kofferraumdeckel, Stoßstange, Schutzblech, Heckleuchte.

»Sie sind doch versichert?« fragte sie mißtrauisch, als sie zu ihm nach hinten kam.

»Aber sicher«, log er.

»Dann sollten Sie mir auch den Namen der Versicherung aufschreiben.«

Er erfand einen Nachnamen und eine Adresse und schrieb den Namen einer Gesellschaft dazu, bei der mal eine alte Freundin von ihm versichert gewesen war. Er überlegte, ob er ihr seine richtige Telefonnummer geben sollte, schlug sich das aber aus dem Kopf und erfand eine.

»Ich bin auch Schauspieler«, log er zur weiteren Steigerung des Effekts. »Hab' in ein paar Filmen mitgespielt.«

Sie lächelte wie ein Fan.

»Also, geben Sie mir Ihre Nummer?« Plötzlich war er wieder vernünftig.

Sie gab sie ihm.

»Mariana, Sie sehen sehr gut aus«, sagte er so aufrichtig wie möglich.

»Rufen Sie mich an«, sagte sie schüchtern.

Jake strahlte. »Wir sehen uns, Mariana«, sagte er und hielt ihr die Hand hin. Ihre war so warm und weich, daß es ihm vorkam, als hätte er einen Kuß bekommen.

Wieder in seinem Auto, empfand er für einige Sekunden Stolz und Bedauern zugleich wegen seiner Vorstellung. Dann sah er im Rückspiegel, daß Mariana hinter ihm hielt. Sie notierte sich das Kennzeichen seines Buick; die Schilder hatte er sich vom Schrottplatz geholt, weil seine eigenen schon vor langer Zeit abgelaufen waren. Er drehte den Zündschlüssel, jagte den starken Motor hoch und legte den ersten Gang ein. Als er sich dann in den jetzt fließenden Verkehr einfädelte, empfand er jenes Gefühl von Freiheit noch stärker, aber seine Gedanken kreisten immer noch um das UKW-Stereoradio, um Velours und diesen Geruch nach neuem Auto, der alles noch viel besser machen würde.

Rezept

Man darf sich nie verheiratet fühlen. Man muß ein fast neues Football-Trikot tragen. Es muß in East L.A. stattfinden. Man muß die Möglichkeit erwägen, bevor es passiert.

Man sollte denken, daß man gern Schriftsteller wäre. Man sollte mit diesem Gedanken im Kopf Dichterlesungen am College besuchen. Man sollte dort niemanden kennen. Man sollte sich einen Platz abseits vom Pulk der Zuhörer suchen. Man sollte sich aus dem auf den lesenden Dichter gerichteten Licht fernhalten und beobachten, wie sein braunes Gesicht weiß wird, wenn die Fotografen ihn ins noch grellere Blitzlicht tauchen. In der Reihe vor einem sollten zwei junge Frauen sitzen. Sie sollten attraktiv sein. Nach einer Weile sollte sich ein junger Mann auf einen Platz neben einem setzen. Er sollte gut aussehen.

Während einer kurzen Pause sollte der junge Mann einen fragen, ob man Schriftsteller sei. Man zuckt die Achseln, schüttelt unüberzeugt den Kopf und sagt, man sei Stahlbaumonteur. Es sollte ihn überraschen, daß man gleichzeitig Stahlbaumonteur und Schriftsteller sein kann. Man sollte ihn fragen, ob er Schriftsteller sei. Er wird sagen, daß er viele Ideen habe. Er wird sagen, daß er an dem College als Hausmeister arbeite. Er wird sich vorstellen. Sein Name muß Pablo sein. Man sollte ihm die Hand geben.

Er sollte einem erzählen, daß er auch schon am Bau gearbeitet habe, daß sein Vater Betongießer sei, und man sollte ihm erzählen, es komme einem vor, als gebe es da viel zu tun, er sehe recht kräftig aus. Man sollte nach den jungen Frauen sehen, die vor einem wieder ihre Plätze einnehmen. Man sollte Pablo anlächeln. Er wird die Weiße fragen, ob er sich mal das Buch dieses Dichters ansehen darf. Er wird sie fragen, ob sie Gedichte schreibe. Sie wird sagen, daß sie viele Ideen habe. Pablo sollte einem zulächeln. Pablo wird ihr empfehlen, sich das Buch signieren zu lassen. Sie wird sagen, das habe sie vor, nach der Lesung.

Der zweiten Hälfte der Lesung sollte man nicht zuviel Aufmerksamkeit schenken. Man sollte denken, wie hübsch die Weiße da vor einem ist. Man sollte denken, daß auch die Dunkle sehr hübsch ist. Man bemerkt, daß auch Pablo nach den jungen Frauen sieht. Man glaubt, daß auch die jungen Frauen sich nicht auf den Dichter konzentrieren.

Nach der Lesung wird Pablo die Weiße fragen, ob es ihr gefallen habe. Sie wird sagen: Ja, sehr. Er wird sagen, sein Name sei Pablo, und der hier sei sein Freund. Sie wird sagen, ihr Name sei Monica und ihre Freundin heiße Josie. Er wird die beiden fragen, ob sie Lust hätten, auf eine Party mitzukommen. Monica wird fragen, ob er das ernst meine, und Josie wird fragen: Wo denn?

Er wird sagen, natürlich meine er das ernst, die Party sei bei einem Freund von ihm hier ganz in der Nähe. Er wird ihnen einen Lageplan aufzeichnen, und sie werden das lustig finden. Monica wird darüber nachdenken wollen. Sie wird sich ihr Buch von dem Dichter signieren lassen. Josie wird sich auf die Toilette verziehen.

Pablo wird einen fragen, ob man auch zu der Party kommen wolle. Man sollte lächeln und ja sagen. Auch er sollte lächeln. Man wird sagen, ja, man werde mitkommen.

Draußen auf der Treppe sollte Neumond sein und ein kalter Wind wehen. Man sollte durch Glastüren in den hellen Saal blicken, wo sich die Leute um den Dichter drängen. Man wird Monica anstarren. Man denkt, wie hübsch sie ist. Man liest, was der Dichter ihr ins Buch geschrieben hat: a Mónica, te llegue mucha suerte con tus poemas. Pablo wird sagen, daß man ebenfalls Schriftsteller sei. Monica wird fragen: Wirklich? Und man wird sagen: Nein, man sei Stahlbaumonteur. Man wird wünschen, man hätte ja gesagt. Man sollte noch immer denken, daß auch Josie hübsch ist.

Pablo sollte mit seinem Wagen, während man in den eigenen einsteigt, neben einem anhalten und Bescheid sagen, er werde noch bei einem Getränkeladen vorbeifahren, worauf man ihn fragen sollte, ob er meine, daß die beiden kommen werden, und er wird sagen, hoffentlich. Er wird ein Sechserpack große Biere kaufen. Man selbst sollte eine Flasche süßen Rosé kaufen.

Auf der Party sollte man Hände schütteln, Herzlichen Glückwunsch zum Geburtstag sagen und kein Bier trinken, sondern schnell hintereinander drei Gläser Wein. Man muß das Gefühl haben, man sei in der Zeit zurückgereist, man sei wieder auf der High School. Man muß das Gefühl haben, man habe einen Zeitsprung nach vorne gemacht. Dann sollten einem die Punks auffallen. Einer sollte sehr blaß sein, seine Haut sollte wie lackiert aussehen. Er wird das Haar extrem kurz geschnitten haben. Er sollte ein Chicano sein. Die Punkerin sollte kurze platinweiße Haare haben, knallroten Lippenstift und dicke Balken aus himmelblauem Lidschatten um die Augen. Es sollte so aussehen, als haben sie keinen Teint. Sie wird ihren knöchellangen schwarzen Mantel nie ablegen. Sie sollte eine Weiße sein, wohingegen ihre Freundin eine Chicana sein muß, eine fetzige Chola. Man sollte einen Joint rauchen, während man sich mit einem älteren Mann unterhält, der ein rotes Seidenhemd trägt, auf das rundherum ein als Klaviertastatur gemusterter Streifen gedruckt ist. Hinten sollten Finger zu sehen sein, die auf den Tasten spielen.

Man sollte auf dem Sims eines herausgebrochenen Fensters sitzen, unter dem sich die Innenstadt von L. A. ausbreitet, und die Füße sollten auf dem alten Holzfußboden knarren. Man ignoriert die Type, die vollgepumpt mit Downers und Bier überm Geländer hängt, und spricht mit dem Dicken, der Bier trinkt und einen lächelnd fragt, an welchen Gebäuden man gearbeitet habe. Man sollte ihm mit dem typischen Stolz des Stahlbaumonteurs Auskunft geben. Man sollte eine schmutzige Katze streicheln. Man trinkt immer noch Wein und raucht dazu das Marihuana des Dicken. Es wird einen nicht überraschen, wenn man, als man sich umdreht, Monica und Josie zur Tür hereinkommen sieht. Dem Dicken, der sie gierig anstarrt, sollte man nicht viel über die beiden erzählen.

Man wird beobachten, daß Pablo sich bereits an Monica heranmacht. Man sollte dankbar sein, wenn Josie sich neben einen setzt und raucht und den Wein trinkt, den man mitgebracht hat. Man sollte zustimmend nicken, wenn sie sagt, das sei aber eine schöne Aussicht.

Man wird beobachten, wie Pablo zum erstenmal mit Monica tanzt. Natürlich zu den Doors. Es muß eine komplette LP sein, die im Radio gespielt wird. Josie wird ganz dicht an einen heranrücken. Ihr schwarzes Haar berührt einen an der Schulter. Man wünscht, es wäre das braune Haar von Monica. Man sieht Pablo mit einer anderen jungen Frau tanzen, die ein Partykleid der fünfziger Jahre trägt. Dann sieht man Monica dazukommen und lächelt zu Josies Bemerkung, Monica sei bereits eifersüchtig. Man wird sich fragen, ob auch Josie gern mit Pablo tanzen würde.

Wenig später wird Monica Pablos Jacke tragen. Pablo erzählt, daß er Schriftsteller werden möchte. Er sagt, daß er groß rauskommen will. Berühmt werden. Monica sagt, sie würde gern eins ihrer Gedichte veröffentlichen. Pablo fragt sie, ob sie eins auswendig kann. Sie sagt ja und ist verlegen. Er fordert sie auf, na los, wir vier sind die einzigen, die es hören können. Sie läßt sich überreden. Es ist ein Gedicht über enttäuschte Liebe. Es ist schlecht, aber Pablo wird sagen, es sei gut, und Josie wird sagen, sie finde, Monica schreibe wunderbar, und dann wird sie einen mit den Augen bitten, auch etwas Unwahres zu sagen, und man sagt, man wünsche, man könne Gedichte schreiben, aber für einen Stahlbaumonteur sei das nicht einfach. Sie werden lachen. Man selbst auch.

Eine Zeitlang wird man neben der Punkerin stehen. Man möchte mit ihr reden, und schließlich fragt man sie, ob sie in einer Band sei. Sie wird nein sagen, und dann fragt sie einen, ob man bei den L. A. Rams spiele. Man sagt nein, man denke halt bloß, daß Leute, die sich kleiden wie sie, in Bands spielen würden. Sie wird sagen, sie habe halt bloß gedacht, daß Leute, die neue Football-Trikots trügen, bei den L. A. Rams spielen, falls sie nicht zufällig Sportlehrer seien.

Inzwischen wird man die Wirkung von Wein und Marihuana spüren. Man sitzt auf einem Sofa, und Josie sitzt wieder neben einem. Man sollte zu einer Entscheidung kommen, ob man mit ihr schlafen will, ob sie mit einem schlafen will. Man sollte sie küssen und ihr warmes Bein dicht an seinem eigenen fühlen, und wenn man sie berührt, sollte man ihre Reaktion spüren. Sie berührt einen auch.

Man sollte gehen, mit ihr zusammen. Während man sich durch eine schmale Straße windet, sollte man beinahe ein anderes Auto streifen, und das sollte einen aufwecken. Wenn Josie fragt, ob sie fahren soll, sollte man nein sagen. Bei einer Bar sollte man anhalten. Die Bar muß »Noch einen für unterwegs« heißen. Es muß ein Striplokal sein. Die Oben-ohne-Kellnerinnen müssen aus Korea stammen.

Josie wird sagen, das mache ihr nichts aus, sie werde bleiben, das störe sie nicht. Sie sollte sagen, in so einem Lokal sei sie eigentlich noch nie gewesen. Man sollte sagen, das habe man nicht gewußt. Man sollte Bourbon mit Wasser bestellen. Sie sollte Gin Tonic bestellen. Anfangs sollte es beiden peinlich sein. Man sieht eine Stripperin, die alle möglichen Verrenkungen macht, die von vielen Spiegeln reflektiert werden. Die Musik muß hauptsächlich von den Rolling Stones und Rod Stewart kommen.

Man hört sich Josies Lebensgeschichte in Spanisch und Englisch an. Allmählich wird sie einem immer schöner vorkommen. Ab und zu wird man sie mit der Stripperin verwechseln, die jetzt nackt auf dem Nebentisch tanzt. Josie wird von ihrer Ehe erzählen, von ihrem Mann, von ihrer Scheidung, von ihrer Tochter, von ihrer Niedergeschlagenheit und Enttäuschung. Man wird mehr trinken als sie.

Wenn man von der Toilette zurückkommt, wird ein Mann neben ihr sitzen. Sie wird unglücklich aussehen. Er wird sie zum Tanzen auffordern. Man sollte ihm sagen, daß man mit ihr hergekommen sei. Er sollte einen ansehen, als sei es ihm egal, mit wem sie gekommen sei. Er wird näher an sie heranrücken. Man sollte sich vor ihm aufbauen und sagen, okay, Mann, das reicht jetzt. Er wird nichts darauf antworten. Man sollte die Wut kriegen. Man sollte den Schnaps wie einen starken Gott empfinden, den Mann am Hemd packen und vom Tisch wegziehen. Er geht auf einen los, und man sollte zwei Treffer landen, bevor er einem seine Flasche an den Hals knallt. Bevor er einen treten kann, wird man sehen, wie jemand ihn durch den roten Samtvorhang nach draußen bringt. Bevor eine koreanische Kellnerin irgend etwas sagt, sollte man sagen, man wolle gehen, man gehe ja schon. Man sollte Josie sagen, es sei alles in Ordnung, man könne fahren, alles in Ordnung.

Man wird schweigend die Brooklyn Avenue runter nach Hause fahren. Man wird nicht von der Polizei angehalten.

In der Wohnung wird man das Radio anmachen. Man sollte den Sender suchen, den man auf der Party gehört hat. Sie wird einen nach den Fotos an der Wand fragen. Man wird antworten, das eine zeige seinen Sohn, das andere seine Tochter. Man sollte ihr erzählen, daß die beiden bei ihrer Mutter leben. Sie sollte sagen, daß die beiden ganz reizend aussehen.

Man sollte ihr Kokain anbieten. Sie wird es annehmen. Sie wird fragen, ob man Pablo schon lange kenne. Man wird sagen, daß man ihn erst heute abend kennengelernt habe. Man sollte fragen, ob sie Monica schon lange kenne. Sie wird sagen, sie seien zusammen aufgewachsen. Sie sagt, Monica sei schon immer so schön gewesen. Dazu sollte man nichts sagen. Man sollte sich fragen, ob Pablo wohl mit ihr schlafen würde. Man sollte sich fragen, ob Josie lieber mit Pablo zusammen wäre. Man sollte an Monicas braune Haare denken.

Man sollte Josie küssen. Man sollte mit ihr ins Bett gehen. Man wird sich nicht wie ein guter Liebhaber fühlen. Ihr Körper wird einem nur theoretisch gefallen. Wenig später wird man es mit ihr treiben. Man wird einen Orgasmus haben und sie fragen, ob es ihr auch gekommen sei. Sie wird ja sagen. Dann werden beide einschlafen.

Man wird aufwachen. Man wird es noch einmal mit ihr treiben. Diesmal wird es einem Spaß machen. Diesmal wird man wissen, daß es auch ihr Spaß macht.

Wenn die Sonne aufgeht, wird man sie betrachten. Sie sollte dem ersten Mädchen gleichen, in das man sich jemals verliebt hat. Man wird sich fragen, wo Pablo jetzt sein mag. Man wird denken, irgendwann werde man auch bei Monica eine Chance haben.

Beim Aufstehen sollte man Josie bitten, übers Wochenende dazubleiben. Sie sollte noch viel länger bleiben.